後頭部に、柔らかなふくらみが当たる。ぬくもりと、甘い花石鹸の香り。
引っぱりこまれた俺は、その主に抱き止められたのだと気づいた。

JN230485

双月のエクス・リブリス セラフィムロスト：塔の章

早矢塚かつや Illustration＝白谷こなか 世界設定＝志瑞祐

「ドュナイ・デュナミスー
書よ、我が血を以て応えよ！
汝は偽りの国に鏤刻せし天涯の牙」
地面がぐらぐらとゆれ、大気中のエーテルが暴風となって吹き荒れる。

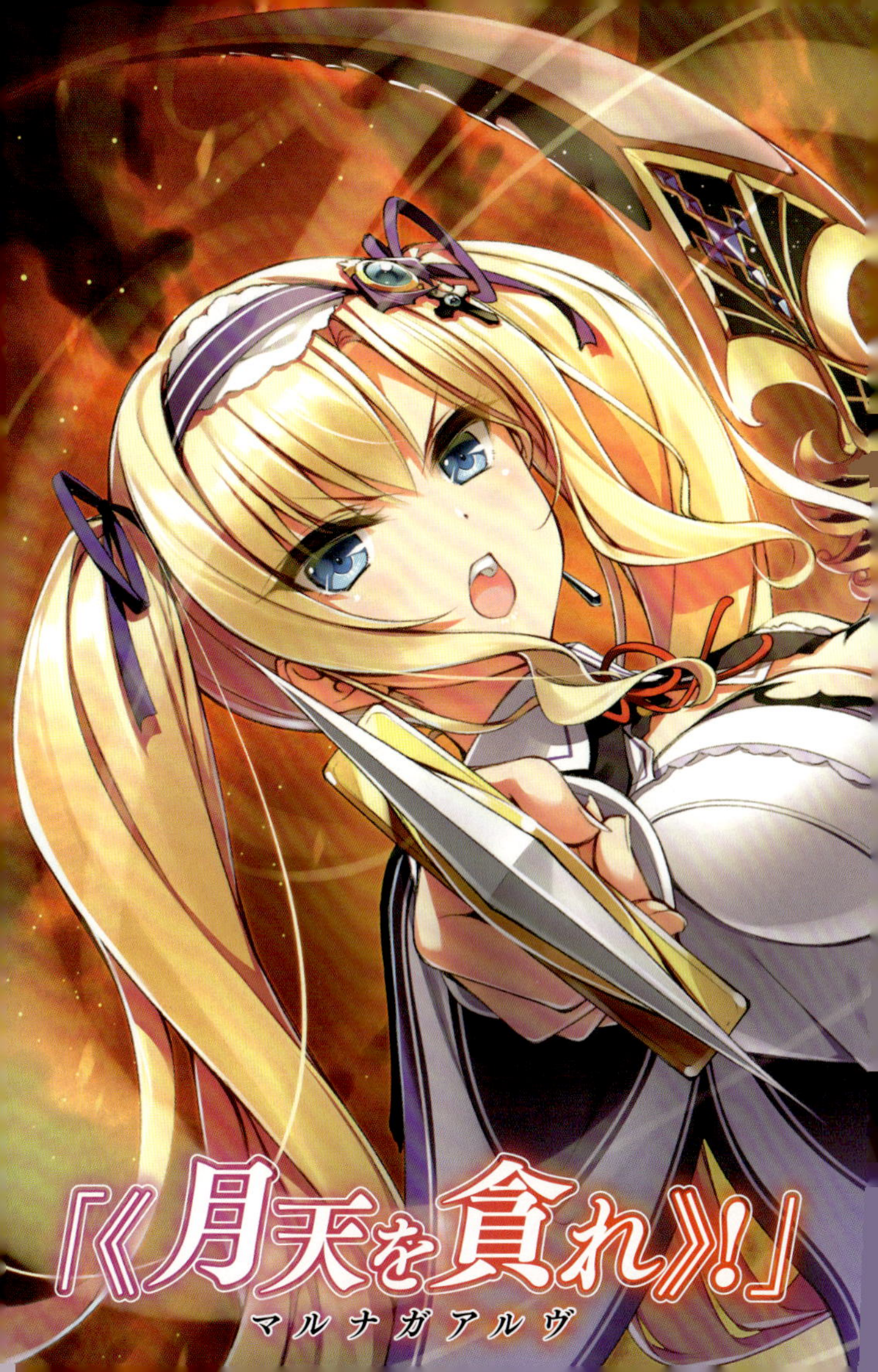
「《月天を貪れ》!」
マルナガアルヴ

バスタオルがはだけて、豊かな双丘は形が崩れることなく上をむいて、先端の乳嘴が桜色に色づいていた。
「紅い月から、おまえを奪ってやる」
「初めてのキスどころか、全部見せちゃったんだから……ちゃんと、責任はとってよね？」

ダッシュエックス文庫

双月のエクス・リブリス

早矢塚かつや

世界設定：志瑞祐
キャラクターデザイン協力：ｎｉｏ

天涯より落つる隻翼のフィリアは、最初に目覚める。

数多の姉妹の中で最も若きセラフィムは、すべての尊き氏族の中から一人の英雄を選び、
三人の子をその身に宿す。

おわかりか。

セラフィムは、子を宿さぬ鋼鉄の戦士。

わたしはこれを、第一の奇跡と呼んだ。

わたしは知る。この先に待つ凄惨なる運命を。

わたしは記す。神を殺せし子らの物語を。


「マーリスの予言　フィリアの歌より抜粋」

1　王の呪いと図書館塔の少女

せ、せ、せ……『世界の呪い大百科事典』！

あった、これだわ。

俺はひと抱《かか》えもある大事典を本棚から抜きだして、図書館の閲覧用の机に持っていった。人間の後頭部にふり下ろせば凶器になり得る、頼もしい重さ。

これならば、本当にこの世界にある呪いという呪いを網羅してくれているはず。

広げると、カビと埃と黒インクのまざりあった香りが、むわっと鼻孔をくすぐる。

別に、誰かを呪い殺してやろうというわけではない。

むしろその逆、俺は自分にかけられた呪いを解くために、この場所にきたのだ。

宗教都市国家ロザディアは、大陸で最も信仰されている聖フィリア教の総本山にして、魔術と学問、そして芸術と文化の都である。

その中心部にそびえる教皇庁立マーリス魔法学院は、世界最大の図書館塔《ダンテ》を擁した、国家や民族はおろか種族すらも問わず大陸中の知恵者が集う知の殿堂。

倍率は五十倍にも達する一般の入学試験を突破して、俺は今ここにいる。

過去五百年のありとあらゆる書物や魔導具が収蔵された図書館塔《ダンテ》でわからないこ

となどなにもない。

この血脈に刻まれた忌まわしき呪いを解き、多くの人々を傷つけてしまった過去を清算すると、俺は誓ったのだ。

窓から西日の差しこむ放課後の図書館。

机の上に開いた『世界の呪い大百科事典』を読みはじめる。

「あった……呪いの解き方。ええと、なになに……まずは自身の生命活動を支える生体魔力を高めるために右記の図像を凝視せよ……強い催眠効果をもたらすが、それにこらえて自己の内面を見つめ、瞑想《めいそう》をすることで……は？　なんだよそれ……！」

あぁ、やばい……急にまぶたが、重く、なって……。

スヤァ……。


ゴォオオオオオオオオオオオオンッ！


「どわぁ！」

腹の奥底に響くような鐘の音で俺は飛び起きた。

俺は寝てたのか？　今は何時だ？

窓のむこうにあった燃えるような夕焼け空はすでに黒く染まり、二つの月の柔らかな光が本棚が立ち並ぶ広大な館内を照らしている。
その水底に沈んだ古い遺跡を思わせる幻想的な光景に、俺は一瞬、我を忘れかけた。
見とれてる場合じゃない……確実にもう学生寮の門限を過ぎている。
マーリス魔法学院において、門限破りは深刻な校則違反だ。
語学の単位を落とすよりも進級に響くといって差し支えない。
とにかく、誰にも見つからないように男子寮に帰ろう。
……と、その前に『世界の呪い大百科事典』を戻しておかないとまずいか。
寝ている最中に涎《よだれ》でベタベタになったところは、せめて拭いておかないと……。
俺はズボンのポケットからハンカチをとりだして、叩くように水分を吸い取っていく。
こすって文字が掠《かす》れ、貴重な本の内容が失われでもしたら、落第ではすむまい。
それに、この俺の呪いを解く手がかりを得る必要がこのページにはあるのだ。
慎重に、慎重に……。
「んん、んぐ、むぅ」
くぐもったうめき声のようなものが聞こえた。
作業に没頭していた俺は、全身をこわばらせて周囲を見渡す。
目をこらしても、頼りない月明かりでは、十歩も先は見えない。
図書館塔《ダンテ》は歴史あるロザディアの建物の中でも最も古い建築物である。数多《あまた》のいびつな魔術的彫刻に飾られたその外観からも、塔内には幽霊や悪霊の類が棲まい、夜な夜な云々……という話に事欠かない。

その中でも特に有名なのが、金色の髪をした美少女のお化けだ。

二つの月さえも色褪《いろあ》せるほどの美貌で男を誘い、精気を吸い上げるとかなんとか……。

そんな男の願望が凝り固まったような都合のいい幽霊がいるもんかよ。

「ン、ふぁぁ……」

また、聞こえた。女の子の声のような気がする。

生つばを呑み、拳を握りしめた。

声のしたほうへ、ゆっくり、ゆっくりと。

整然とならべられた本棚は俺の身長の倍もあって、その隙間を息を殺しながらすり足で進む。

横目で、本の背を見た。

『偉大なるカイン』、『夜啼鳥の恋歌』、『黒き翼の昇天』、『反逆者アベル』……戯曲の棚だ。

一階の奥まった部屋の角、闇夜に紛れてなにかが蠢《うごめ》いているのがわかった。

月が雲に隠れてしまったのか、光量がたらず、その正体がわからない。

もう一歩、踏みだせばわかるかもしれない……。

好奇心に背中を押された俺は、突然、左側から伸びてきた二本の腕に目と口を塞《ふさ》がれた。

腕は強い力で、俺を左の本棚の陰へと引きずりこむ。

驚きと混乱で抗《あらが》うことはおろか、悲鳴をあげることもできなかった。

後頭部に、柔らかなふくらみがあたる。

ぬくもりと、甘い花石鹸の香り。

引っぱりこまれた俺は、その主《ぬし》に抱きとめられたのだと気づいた。

先にまぶたを覆っていた手がどけられ、視線を上げると相手の横顔が間近にある。

金色の髪をした少女のお化けが、そこにいた。

ぱっちりした大きな碧玉の瞳と、透きとおるほどに白い肌。

二つの月さえも色褪せる、というのは誇張ではなかった。こんな可憐な幽霊に精気を吸いとられて死ねるなら、男としてそれより上等な死に方などあるまい。

少女は俺の口を手で塞いだまま、もう一方の手の人さし指を自身の唇の前に持っていった。

静かにしていろ、ということだろう。

俺は呼吸を忘れていることをこの時になって思いだして、小刻みに首を縦にふった。

頭の動きに合わせて、後ろでなにかがふにふにゆれている。

ああ、間違いない……これは目の前の少女の胸だ。

柔らかな感触に陶然としかけて、慌てて我に返った。

いけない……こんなことをしてたら、またあのふざけた呪いが……。

「君、一年でしょ。見つかったら大変よ」

耳にささやく声に、背すじがゾクッとした。

抑揚《よくよう》のない、それでいて艶のある声。

彼女は俺を解放すると、本棚の端から頭の半分だけ出して、なにかを盗み見る。

その時になってようやく気づいたのだが、金髪の少女が身にまとうのは、学院の女子の制服だ。だいぶ着崩しているようで肩や胸元が大胆に露出し、腰には金色の鎖を巻いている。

碧い瞳が熱心に見つめる先は、あのくぐもった声が聞こえてきた方向だ。

「二人以上いればゆるがぬ証拠になるから、ぜひとも君も目撃者になって欲しいんだけど」

少女はふり返って、手招きをする。

俺は引きよせられるように、本棚の陰から、彼女が見ているほうをのぞいた。

「んあ、んん、んぅ……んっ」

くぐもったうめき声は、さっきよりも大きくなっていた。

闇に目が慣れ、じょじょに図書館の一角で蠢くものの輪郭がはっきりとしてくる。

「んっ、ふぁっ……シモンズ先生っ……！」

「しっ！　声をおさえて。月があんなに輝いている夜は、裏切り者アベルの怨霊が目を覚ますという。君のような可憐な少女の魂を狙っているかもしれない」

「いや、アベルなんて名前、聞きたくないわ……」

「大丈夫だよ、私がついている」

「もぅ……んんぅ」

一組の男女が、キスをしていた。

ギール＝シモンズ……魔法材料学を専門とする教導魔術師だ。二十五歳にして《白亜》の称号を授かった俊英で、その端整な顔だちから女子生徒に絶大な人気を誇る。

彼の長い指先にうなじをなでられ、豊かな胸元をまさぐられる女子生徒にも見覚えがあった。

ハルカ＝セルバリス……長い黒髪が目を引く俺のクラスメイトにして、このロザディアを統治する評議会議員の孫娘。隣国の田舎領主の息子である俺とは比ぶべくもない天上人だ。同じ教室で講義を受けてはいるが、まともな会話のひとつもしたことはない。

入学式の日、新入生代表の答辞を読みあげる凜々しい姿に、密かに心惹かれていた。

陰で《黒耀の美姫《ヌイ・エステル》》と呼ばれているのを聞いて、ぴったりの呼び名だと余計に好きになった。

しかし、その彼女は今、雪白の頬を赤く染め、とろんとした瞳で、頭ひとつ分上にあるシモンズの美貌に釘付けになっている。

「あ、あの二人が、そんな――」

声をあげそうになった俺の口を、再び金髪の少女の手が塞いだ。

「静かにして、ここからが大事なのよ」

ハルカに負けず彼女も興奮しているようで、囁く声がわずかにうわずっていた。

俺にべったりと上体を預けてきて、背中にあたる胸の感触や耳に吹きかけられる吐息が、とてつもなく、なまめかしく感じられる。

まずい……！

ドクン、と心臓が強く高鳴った。

鼓動は俺の背中に押しつけられる、幽霊少女の胸からも聞こえてくる。

「シモンズ、先生……」

「怯えることはないよ……この《ダンテ》に眠る聖地のことは知っているだろう。これは自然の営み。歓迎すべきことだ」

シモンズの手が、ハルカの服の帯をほどいていく。

どうやら彼女は、この学院の制服じゃなくて、特殊な衣を着ているようだった。

彼女の母は、東洋の島国の出身だと聞いたことがある。

身体に巻きつくようにまとっていた衣がするりとはだけて、闇夜に真っ白な肩と二の腕、そして下着に包まれた胸が浮かぶ。

一枚の絵のような光景が目に飛びこんできて、俺の理性は砕け散った。

「あぅ、ぐ……」

左手の甲に呪印が現れ、朧気《おぼろげ》な薄緑色の輝きを放ちだす。

俺の異変に気づいて、金髪の少女が声を発した。

「君、それ……？」

この呪印を見せてはいけない。

俺は転げるように本棚の陰から飛びだして、光を放つ左手を腹に抱えて隠す。

勢いをつけすぎた俺の身体は正面にあった本棚に体当たりしてしまい、その衝撃で何冊かの本が床に落ちた。

「なんだおまえは！」

けたたましい音が夜の図書館に響きわたり、逢《あ》い引《び》きをしていた二人の視線がこちらをむく。

「え？　グレイ、フレイルくん？」

鋭い叱責の声をあげるシモンズよりも早く、ハルカが俺の顔を認めた。

「の、のぞいていたの!?」

彼女は乱れた胸元を衣で隠しながら、羞恥《しゅうち》に頬を染めて睨《にら》んでくる。

「いや、違うんだ誤解だ！　俺はここに、この呪いを解く方法を探しにきただけで――」

呪印が輝く左手を示して、我に返った。

これを女の子に見せることがどういうことなのか、俺は、知っていたはずなのに。

暗がりの中でもはっきりとわかる。

クラスの憧れの的であるハルカの琥珀の瞳から、理性の灯りが消えた。

「グレイ、フレイル……我が君……」

彼女はうわごとのようにつぶやくと、おぼつかぬ足取りでこっちに歩みよってくる。

「ハルカ、どうしたんだ？」

逢い引き相手の異変に気づいて、シモンズが手を伸ばした。

しかし、彼女は一瞥《いちべつ》もくれずにその手をふり払って、いまだ床に座りこんだままでいた俺の前に腰を下ろし、まっすぐに見つめてくる。

「なに、これ……だめって、わかっている……に……あらが……ない」

悔しそうに唇を噛み締めながら吐きだされる言葉は、闇の中、空虚に響いた。

それもそのはず、彼女は自分自身で身にまとう衣をはだけさせているのだ。

ハルカは、顔を真っ赤にしながら唇を震わせ、悩ましい視線をこっちにむける。

「身体、火照っ……がまん……できな――」

レース飾りのついた純白の下着に、自ら手をかける。

豊かな二つのふくらみが、こぼれ落ちようとした、その時。

「そこまでにしておきなさい」

手刀が、ハルカの首筋にふり下ろされた。

《黒耀の美姫》は脱力して床に突っ伏し、気を失う。

「……こんなに上手くいくとは、思わなかったわ。日頃の鍛錬の成果ね」

金髪の少女は、自身がふり下ろした手刀を興味深げに見つめる。

俺は全身から汗を噴きだしながら、深呼吸を繰り返して、脈拍が正常になるよう努めた。

強く拍動していた心臓は落ち着きを取りもどし、左手の呪印も消えていく。

「ハルカ！」

シモンズが逢瀬《おうせ》の相手を抱きあげる。

意識を失った彼女の服をなおして、座りこんだままの俺を睨んだ。

「グレイ＝フレイル……《寝取り王》の魔力か……学生たちがうわさしているのは聞いていたが、冗談だと思っていた。まさか、これほどとはな」

「わ、悪い……その、わざとじゃ――」

言い終える前に、視界がゆれた。

歯を食いしばる暇もなく口の中が切れて、血の味が広がる。

「今のは魔力で無理矢理に淫らなふるまいをさせられたハルカの痛みだ。マーリス魔法学院規則六十四条第一項、マーリス魔法学院の学生は、教員の許可なく学院の敷地内外問わず、魔術を他者に行使することを禁ずる。荷物はまとめておけ。即刻退学にしてやる！」

「ちょっと落ち着きなさい」

烈火のごとく激怒するシモンズを、金髪の少女がおさえた。

「マーリス魔法学院規則百七十条第二項、魔法学院の教員は問題を起こした学生に対し、私的制裁を禁ずる……彼女の痛みを勝手にあなたの拳で清算するのは問題ね」

指摘された教導魔術師は不愉快そうに舌打ちをする。

「ここはお互い口をつぐむことで手打ちとしましょう。今のことを公《おおやけ》にしたら、あなたも困るはずよ。教師が女子生徒……しかも評議会議員の孫娘と逢い引きなんて、とんだ不祥事だわ」

「馬鹿をいうな！　私とハルカは愛し合っている。なにも問題はない」

「随分とこの子にご執心なのね。けど、愛で罪が許されるなんて寝言、きょうび吟遊詩人だっていわないいんじゃないかしら」

　少女とシモンズとのあいだで火花が散る。

「ふん……君こそ、いくら《ダンテ》に棲みついているとはいえ、他人の情事をこっそりのぞき見ているとは、いい趣味だな」

「勝手におっぱじめた側がなにをえらそうに。まぁ、誇ってもいいかもしれないわね。あなたは、このあたしが弱みを握るに値すると判断されたんだから」

「な――」

「逢い引き以上に知られたらまずいこと、あるわよね」

　挑発的な笑みを浮かべる少女を前にして、シモンズは顔を赤くして頬を引きつらせた。

「アリスティア、貴様……！」

「格が違うのよ。その程度の変装魔術を見破れないあたしだと思ってるの？」

「黙れ！」

「黙っていて欲しかったら、その子はあたしに任せて、この場は引きなさい」

「ふざけるな」

「あたしに口答えができると思っているの？」

シモンズの旗色がよくないことは、横で見ていても明らかだった。

彼は十数えるほど歯がみした後、アリスティアと呼んだ少女にハルカを押しつける。

「今夜ここで会ったことは、お互いに口外しない約束……いいわね？」

念を押されて、《白亜》の魔術師は不機嫌に鼻を鳴らして了承した。

俺も首を縦にふる。

「グレイ＝フレイル……覚悟しておけよ。せいぜい楽しい学生生活にしてやるからな」

シモンズはその美貌を陰険に歪ませると、《白亜》を象徴する象牙色のマントをなびかせて、去っていった。

俺は、少女のほうへ目をやる。

「庇ってくれて、助かった……アリスティアっていうのか」

「長いからアリスでいいわよ」

アリスはそういうと、シモンズに殴られた頬に指先で触れた。

赤く腫《は》れあがった頬が、ズキンと痛む。

「殴られっぱなし、いわれっぱなしで、なにもしなかったわね。やり返そうとは思わないの？」

「……悪いのは、俺だからな……今みたいのは、これが初めてじゃない。俺だって、妙な魔術で恋人を無理矢理なびかせるような真似《まね》をするやつがいたら、きっと殴ってる」

「善良なのね。けど君も好きでやってるんじゃない……そんなんじゃ損するばっかりでしょ」

「ほっといてくれ」

「ほっとかないわよ……ドュナイ・デュナミス——水よ、我が意に応えて、傷を癒やせ」

アリスの指先が殴られた俺の頬の上に、簡単な魔法陣を描く。

じくじくと熱を持っていた痛みが、すっと引いていった。

「魔法……！　今の、魔法か!?」

ドュナイ・デュナミスは大気中にある自然界の魔力——エーテルと呼ばれる——に働きかける、大陸でも定番の魔術呪文だ。ドュナイは畏れ多き神を呼ぶ時の言葉。デュナミスは事象が現実に発展する可能性を指している。二つ合わせて超自然の神秘の可能性とか、そういう意味になるらしい。

実践的な魔術を前にして俺が興奮していると、彼女は肩をすくめた。

「魔法なんて大げさなものじゃなくて、単純な治癒魔術よ。触媒もないから、ちょっと傷の治りをよくして鎮痛効果を付与しただけのね。魔法学院の生徒がこんなんで驚いてどうするの」

「いや、一年はほとんど座学ばっかりで、魔術をやる機会なんてないんだって」

魔法学院に入学してからの半年間は、故郷での十六年間と同じく魔術とは無縁の生活だった。

入学式や新入生歓迎の時に、上級生や教授陣の魔術を拝見したが、出し物じみていて、少し興醒めしたのをおぼえている。

「まぁ、この学院の目的は、魔術師を増やすことじゃなくて、聖フィリア教会の威光を大陸に広めることだからね……」

アリスは嘆息しつつ、今度は気を失ったハルカのほうにとりかかった。

慣れた手つきで脈を診たり、胸や額に触れている。

「ふむ……気を失っているだけみたい。君のその呪いは、持続性はないのね」

「……ああ。いつもこうだよ」

興味を失ったのか、ハルカをこっちに押しつけてきた。

「グレイ、服を着せてあげなさい。そのままじゃ風邪を引いてしまうわよ」

「え、俺がやるのか？　アリスがやったほうがいいんじゃ……」

「君が脱がせたんでしょ。自分でやったことの責任は自分でとりなさい」

「そんな、母親みたいなこと……こんな服、見たこともないんですけど……」

「キモノ、と呼ばれる東の島の民族衣装ね」

「知ってるんなら、なおさらやってくれよ……」

衣を身体に巻きつけるようにして、お腹の帯を結べばいいのだろうか？

しかしその前に、レース飾りのある胸の下着をつけねばならない。主張の激しい双丘をなるべく見ないよう手探りでやるが、指先にとてつもなく柔らかなものが触れるたび、固まってしまう。

　このままじゃ、またあれが発動する……！

　助けを求めるようにアリスのほうを見ると、彼女は笑いをこらえて肩を震わせていた。

「君、童貞なの？」

「なっ――!?」

「《寝取り王》なんて呼ばれているわりに、女の子の身体にまったく慣れていないじゃない」

「《寝取り王》って呼ばれてたのは母方の祖父だ、俺は違う！」

「あら、こっちには言い返してくるのね」

「誰だって触れられたくないことはあるだろ！」

　語気を強めると、アリスは一拍の間を置いて「悪かったわね」と漏らした。

　俺と場所を入れ替わって、てきぱきと気を失ったハルカの衣服を整えていく。

　見た時にはすでにシモンズによってはだけさせられていた服だったが、ちゃんと着ていれば清楚でお淑やかな印象を受ける。

　二人で会う時にこんな服を着てきてくれたら、そりゃ男は喜ぶだろう。

「って、下着を忘れてるんだけど」

　俺がつけるのに苦戦していたレース飾りのついた下着は、脇にうち捨てられたままだった。

「あっ……これは君が彼女を女子寮に届ける際に渡しなさい」

アリスは下着を俺の制服のポケットに突っこんだ。

「え、ちょ……！　俺が女子寮に届けるのかよ」

「さっきのやり取り、聞いていたでしょ。あたしはここで寝起きしているのよ」

「ここって、《ダンテ》の中ってことか？」

「学生は入れないけど、第二階層と第三階層のあいだに、ちゃんと住める部屋があるのよ。ベッドもバスタブもあるんだから。火気厳禁だから料理はできないけど」

なぜか得意げに告げたアリスのお腹が、くぅうと鳴った。

「そういえば、お腹が空いたわね……」

俺はふとマントのポケットにクッキーが入っていたのを思いだして、彼女に差しだした。

「うちのメイドが焼いたものでよければ、やるよ」

アリスの碧玉の瞳が、あからさまに輝く。

「ずいぶんと準備がいいわね」

「調べ物をしている最中に小腹が空いたら食べようと思ってな……助けてもらった礼だ」

俺からクッキーを受け取ると、彼女は早速包みを開けて食べはじめた。

手の平に収まる大きさのクッキーに、小さな口ではむっとかぶりつく。

「はぅぅ、おいひぃ……このバターは羊乳由来ね？　濃厚でありながら上品な塩味があって、贅沢な味わいだわ」

「わかるのか」

幸せそうに頬をゆるませるアリスに、俺の声も明るくなる。

クッキーに使われた羊乳バターは我が故郷、ジャーマル連邦のウェンレルで採れたものだ。領民の百倍の数の羊がひしめくド田舎とはいえ、故郷の物産をほめられて悪い気はしない。

「はむ、んむ、むぐむぐ……それで、グレイはさっきハルカ＝セルバリスに呪いを解く方法を探しに来たとかいってたけど……んぐんぐ……もう少し詳しく話を聞かせてみなさいよ」

「食べるか話すか、どっちかにしろよ……」

「今その子を誘惑した力について悩んでるんでしょ？　はむ……あたしなら、協力できるかもしれない……もぐ……きっかけは、どんな感じだったの？」

どうやら、こちらの訴えは届きそうにない。俺は観念して、話すことにした。

「八歳の時に母さんのセラフィムの契約を上書きして、俺が天翔騎士《セラフィータ》になった。ウェンレルの司祭いわく、ジジイの……英雄ヴィル＝ロークの『加護』を継承したんだそうだ」

「天翔騎士ヴィル＝ローク……六十年前の魔王軍との戦いで活躍した、二十三番目の英雄ね。天翔騎士としては前代未聞の十四人のセラフィムを同時に従えて、そのセラフィムの全員がヴィルの前に天翔騎士を持っていたことから、現代では《寝取り王》と呼ばれる」

「詳しいな」

「有名人じゃない。いくつもの劇や詩の題材になっているし、彼の子孫を名乗る者が一年に一回は大陸のどこかに現れているわ……ところで、クッキーのおかわりはもうないの？　食べ終わってしまったんだけど」

　空になった袋を逆さまにしながら、アリスのお腹が、再びくぅうと鳴った。

「ねぇよ……どんだけ腹空かしてたんだ」

　十枚以上は入ってたと思うんだが……。

「燃費が悪いとは昔からよくいわれるわね」

「涼しげな顔で開きなおるな」

　しかし、浮世離れして見える彼女の人間くさい一面を、俺は好ましくも思った。

「とにかく、俺は《寝取り王》と呼ばれたジジイの『呪い』の解き方を調べにきたんだ」

　ウェンレルの司祭は「加護」と呼んでいたが、俺は「呪い」だと思う。

「どうして解きたいの？　その力を使えば楽しい学生生活を送れそうじゃない。一時的にでも、女の子を言いなりにできるのよ」

「民を暴力で統治すれば、領地は荒れる……この呪いの力は、暴力的だ。いずれ親父の跡を継いでウェンレルの領主になる俺は、力を制御できるようにならなきゃならない」

「三十点」

「何点満点で？」

「百点満点でよ。いまいち筋がとおってないし、いわされているみたい」

俺は口をへの字に曲げて、アリスを睨んだ。

「もっと切実な悩みがあるんでしょ？　ぶちまけなさいよ」

「……友だちが欲しいんだよ。この呪いのことを知ってみんな俺から遠ざかっていくから……それを呪いの力で誤魔化《ごまか》しても、孤独なのは変わらない」

言葉にすればそれだけのことだが、アリスは満足げにうなずいた。

「よしよし。正直にいえてえらいわ」

「茶化すなよ、けっこう深刻なんだから」

今日の幻獣騎乗術の授業だって、二人組になってくれるやつがいなくて、俺だけ担当教諭のレグリッド先生と一緒にグリフォンに乗る羽目になったのだ。

つきっきりの指導のおかげで、教室の誰よりも上手にグリフォンを駆ることができるようになってしまったが、余計に惨めな気分だった。

あえてグリフォンの背中に乗りたがるやつなんて、この学院の生徒にはいないしな。

「茶化したつもりなんてないけど」

「とにかく！　妙な魔術で女の子を誑《たぶら》かして自分のものにするなんて、外道のすることだ。そんなやつに、俺はなりたくはない」

断言すると、アリスの碧い瞳が、わずかにゆれたように見えた。

「なるほど、見所はあるわね……ちょっと左手を借りるわよ」

金髪の少女は俺の左の手首をつかむと、彼女の胸に押しあてた。

むにっと、五本の指が豊かな胸に沈む。

俺の手には収まりきらぬほどの大きさ。

服の上からでもはっきりと伝わってくる柔らかな感触に、鼓動が早まる。

「ば、バカッ――」

俺の左手に再びあの呪印が浮かび、薄緑色の光を放ちだす。

慌てて右手で呪印を隠そうとするが、アリスはそれを許さなかった。

捕らえた俺の左手の甲を至近距離でまじまじとのぞきこむ。

「やっぱり。呪いの発動は君の性的興奮が引き金になるのね……むっつりスケベ」

「むっつりな要素はどこにもねぇだろ！　健全な男子程度にはスケベだよ」

「ふーん。見覚えのない印ね……複数の誓紋が混ざってるみたい。由来もわからないし、これについて調べるとなったら、たしかに《ダンテ》の力が必要だわ」

「というか、待ってくれ……君は俺のこれを見ても、なんともないのか？」

呪印を見た女の子はいつも、我を忘れて俺に襲いかかってきていた。

アリスは戸惑う俺の左手を放し、うなずく。

「あたしはもう、月のものだから」

「え――」

「冗談よ。精神に作用する魔術の感度が低い身体なの。異性に対して強力な魅了の力を秘めているようだけど、この程度ならあたしには影響ないわ」

「ほ、本当に？」

戸惑いつつも、期待で胸が高鳴った。

なんということだ。

つまりこの少女ならば、俺は普通に接することができるんじゃないか。

「本当になにもないのか？　俺のにおいをかいだりショーツを脱ぎたくなったりしないのか！」

身を乗りだして尋ねると、アリスは本棚から手頃な一冊を抜いて投げつけてきた。

本の角は狙い澄ましたかのように俺の額を強かに打つ。

「ご覧のとおりよ」

「よ、よくわかりました……」

「とりあえず、また明日もここにきなさい。そうね、夜がいいわ。裏の窓、右から十三番目のところの鍵を開けておくから」

「どうして夜なんだ？」

「質問は受けつけません」

「ええ……だって、夜は寮の門限が」

「なんとかしなさい。君はこれからその子を連れて門限を破った寮に無事に帰還しなきゃいけないんだから。明日にはどうということもない些末事《さまつじ》になってるわよ」

「んな、無茶苦茶な……」

とはいえ、《ダンテ》について、なにかと知っていそうな彼女が協力してくれるという申し出はとても心強かった。

「わかった、よろしく頼む……この呪いを解きたくて魔法学院に入学したんだしな」

「別に感謝はいらないわよ。君の身体に興味がわいたから付き合うだけだし。どうしてもお礼をしたいというのであれば、さっきのクッキーをまた持ってきてくれればいいわ」

「クッキーだけでいいのか？」

俺がそう尋ねると、面白いくらいにアリスの耳がピクリと動いた。

「詳しく聞きましょうか」

「いや、うちのメイドは菓子作りが得意だから、頼めばたいていのものはつくってくれるぞ」

「――っ!?」

図書館に棲まう謎の少女は突如走りだして、本棚の陰に消えた。

ほどなくして大量の本を腕に抱えて戻ってきて、手近なテーブルの上に「だん！」と本の塔を築きあげると、その一番上の一冊を開いてこちらに見せてくる。

「こ、これ！　ここに載っている『かぬれ』というものはつくれるかしら!?」

「え、あ、いや……」

「それが駄目なら、こっちに載ってる『ずんだ』というのは⁉」

「ま、待てって！　たいていのものはつくれるけど、なんでも出てくるわけじゃねぇから！」

「たしかに、製法がわかってなきゃ無理よね……」

アリスは残念そうに、お菓子の載っている本を引っこめた。

製法が失伝しているようなもんをつくらせようとしたのか……。

食欲もさることながら、満たしたい知的好奇心もあるということだろう。

「けど、不思議ね。フレイル家なんてジャーマル連邦の片田舎の貴族が、魔法学院に付き人を連れてるなんて」

「メイドとはいったけど、セラフィムだからな」

「ああ、あなたが母親から寝取ったってこと？」

「契約を上書きしただけだ。寝取ったっていうな」

マーリス魔法学院の生徒は富裕層の子女が大勢を占めるが、魔術の秘匿性を守るために多額の寄付金を支払うかよほどの事情がない限り、学生に付き人が同行することは許されない。

俺の場合はもちろん後者で、人型セラフィムを神が人類に与えた恩寵《おんちょう》として捉えている聖フィリア教の総本山でもあるこの地では、俺のメイドは俺以上に歓迎されている節がある。

試験の結果じゃなくて、エイラの天翔騎士になったからこの学院に入学できた、なんてことはないよな……と不安になるほどだ。

「アリスが知らなそうな、ウェンレルの郷土料理をつくらせてくるよ」

「とてもいい判断よ」

他愛ない話をしているうちに、窓から射しこむ月明かりの色がわずかに変わっていた。

夜空に輝く二つの月は、満ち欠けや時刻によって、この大陸の夜を多様に彩る。

今は新しく小さいほうの月――《紅月《あかつき》》と呼ばれる――が強く輝いている時間帯で、月光が赤みがかって見えた。

「もう、こんな時間なのね」

その光を見て、アリスがつぶやく。

「グレイ、お開きよ。そこで寝てるお姫さまを連れて、今夜は帰りなさい」

「わかったよ……けど、ひとつ質問いいか？」

「なに？」

「アリスは、何者なん――」

彼女の人さし指が俺の唇に触れて、その先を封じた。

そこへ踏みこむことは許されないのだと肌で感じる。

俺は、目の前の金髪碧眼の少女を本当に信用していいのだろうか？

けれど、俺は確信していた。明日もまた、ここにくるだろう。ゆえに。

「また、明日な」

「ええ、また明日」

アリスは、優しく微笑み返してくれた。

2　ハルカ＝セルバリスの事情

俺はアリスの言いつけを守り、眠るハルカを背負って《ダンテ》をあとにした。

女の子をおぶうのは初めての経験で、背中にあたるふたつのふくらみや温もりに、平時の俺であれば頭を沸騰させていただろう。しかし、たった今別れた不思議な女の子のことで頭がいっぱいで、ハルカを意識する余裕などなかった。

とりあえず、女子寮の門のところにでも置いとけばいいか。

美しい二つの月が照らす夜道を、建物の陰から陰へ走り抜ける。

まさか、あの《黒耀の美姫《ヌイ・エステル》》を背負いながら、校内を警備する魔晶石の監視をかいくぐるような真似《まね》をすることになるなんてな……。

幸い、幼い頃から故郷の野山を走りまわっていたために、体力には自信がある。

「んぅ、あれ……？　ここ、どこ……？」

女子寮まであと少しの、東校舎の裏手に到着したところで、背負ったハルカが目覚めた。

ふり返ると肩越しに見つめ合う形となり、寝ぼけ眼の少女の顔がみるみるうちに驚愕に染まっていく。

「ちょ、ちょっと、え？　なにこれ？　どういうこと!?」

ハルカは俺の背中で暴れだし、自ら地面のほうへと飛びこんでいった。

「ふにゃっ！」

体勢が悪く顔面から落ちてしまうものの、大事はなかったようで、すぐに鼻の頭を真っ赤にしながらこっちを睨《にら》んできた。

「グレイ……グレイ＝フレイル――これって……シモンズ先生は……？」

俺と自身の服を交互に確認して、ハルカは怒気を瞳に宿す。

「ま、待て、誤解だ――」

「なにが誤解なのよ！」

平手が、俺の頬を叩いた。

アリスが回復を早めてくれたとはいえ、シモンズに殴られたのと同じ場所だったため、予想していたよりもずっと強烈な衝撃だった。

ひるんでいる隙に、彼女は俺に背をむけて走り去っていく。

遠ざかる背中に声をかけることはできなかった。無事に女子寮にたどり着けるだろうかと一瞬心配になるものの、後を追いかけても火に油を注ぐだけだろう。そもそもハルカは寮の門限を破ってシモンズと《ダンテ》で密会をしていたのだから、相応の準備はしているはずだ。

「帰ろう……」

ヒリヒリと痛む頬をさすりながら、ふと、自分がニヤけていることに気づいた。

これ、夢じゃないんだな……。

まぶたを閉じて思い浮かべたのは、金髪碧眼の美少女の顔だった。

「って、余韻に浸ってる場合じゃねぇ」

俺は闇に身を隠しながら男子寮の裏庭まで一気に駆けた。

五階建ての巨大な建物に、明かりのついている窓はない。

首が痛くなるほど見上げて、最上階にある自分の部屋を捜した。

「正面玄関は閉まってるだろうし、どうやって部屋まで戻るかな……」

頭をひねっていると、最上階にある部屋から、一本の縄が垂れ下がっているのを見つけた。

引っぱってみると、縄が出ている窓から、にょきっと銀髪の少女の頭が現れる。

気がきくメイドの采配《さいはい》に俺は感謝して、縄をつかんだ。

人間離れしたセラフィムの膂力によって引き上げられて、俺は無事に、自身の部屋に帰還する。

「助かった……」

頼りない月明かりに照らされた部屋。

メイド服を身にまとった銀髪のセラフィムは、長いスカートの裾を持ちあげて、優雅なお辞儀で主人を出迎えた。

「お帰りなさいませ、ご主人さま」

彼女の名は、エイラ。

俺が八歳の時に契約を上書きしたセラフィムだ。

人の形をしながら人間ではなく、その身体には肉と機械が共存し、血液とともに液体エーテルが循環している。

「ご主人さま、そのお顔は、どうなさったのですか？」

「なんでもない……それよりも、寝かせてくれ。風呂には明日の朝はいるから」

「こんな遅いご帰宅をされてそんな……しかも、お身体から複数の女性のにおいがいたします」

エイラはすばやい動きで、ぎゅうっと抱きついてくると、首筋に鼻を押しつけてにおいをかいでくる。

とうてい人間では抗《あらが》いようのない腕力に押さえつけられて、俺の頭はエイラの胸の谷間にすっぽりと収まってしまう。

「図書館塔でお勉強するとおっしゃっていたのに、深夜にこんなにおいをさせて戻ってくるなんて……どのような勉強をなさっていたのですか？　エイラは少し妬《や》いてしまいます！」

「んんー、んんんんーっ！」

息ができない。溺れる！　おっぱいに溺れる！

何度もエイラの背中を叩いてようやく解放された時には、肩で息をしなければならなくなっていた。

「においで主人の素行を案ずるのは百歩譲って認めるが、抱きつく必要はないだろ」

「頬が腫《は》れていましたので、おっぱいで包みこむのがよろしいかと思ったのですが」

「聞いたことないぞ、そんな民間療法！　それに、別にやましいことも……してないし！」

「間がありましたね」

ありますけども！

「それと、ポケットからこんなものが出てきたようですが」

エイラがその手にぶら下げたのは、レースの飾りがついた白い下着だった。

「ふむふむ、なかなかのものをお持ちのようですが――エイラには及ばないようですね」

ハルカの下着を観察して、自らの爆乳を誇る銀髪のセラフィム。

しまった、と俺は内心で焦った。

アリスにポケットに突っこまれたハルカの下着の存在を、すっかり忘れていた。

返さなければ……しかし、どの面を下げて、渡せばいいのだろうか？

無策で差しだせば、もう一度ビンタを食らうのは確実だ。

「考えても、どうしようもねぇな……もう遅いし、寝よう」

俺は服だけ着替えて、ベッドの中に潜りこんだ。

むにっと柔らかなものが手の平に触れる。

毛布の中をのぞきこむと、メイド服姿のエイラがいた。俺の手が鷲づかみにしているのは、自己主張の激しい彼女の胸だ。

「なにやってんだ？」

「なにって、添い寝ですよぅ。ご主人さまが、よーく眠れるように」

「寝かすつもりないだろ」

「そうかもしれませんねー」

抱きついてきて、耳元に息を吹きかけてくる。

「さぁ、ご主人さま……エイラと〝奇跡〟に励みましょう。教会もそれを望んでいます」

「出てけ」

淫乱なメイドをベッドの外に蹴り出して、まぶたを閉じる。一刻も早く休みたかったが、アリスのことが脳裏によぎって、なかなか眠りにつくことはできなかった。

§§§

「であるからして、このマーリス魔法学院の名前の由来となったのが、聖人マーリス＝セルバリスだ。今から二百と六年前の人間だが、彼の予言はことごとく的中し､最も有名な箴言を《三つの奇跡》と呼んでいる。これについて答えられる生徒は、うーんと……」

眠い……さすがに、夜更かしが過ぎた。

くわえて、この『聖フィリア教史』のロスチラフの間延びした声がなんとも眠気を誘う。

「ハルカ＝セルバリス、前に出て書いてくれるか？」

その名を耳にした途端、目が覚めた。

指された《黒耀の美姫》は、艶《つや》やかな黒髪をゆらしながら黒板の前に立つ。

第一の奇跡
第二の奇跡　セラフィムと天翔騎士《セラフィータ》の覚醒
第三の奇跡　人類と竜族の融和

「創星の時代、《星の剣《アスロン》》とともに空の彼方より墜ちてきたセラフィムは、例外的に目覚めたフィリアを除いて石柱の状態で休眠しており、竜族や魔物らの脅威にさらされる人類にとって、その覚醒は急務でした。人類に戦える力が備わることを示したのが、第二の奇跡です。そして、二百年前にはまだいがみ合う仲でしかなかった人類と竜族の融和の道筋を示し、このマーリス魔法学院で人と竜とが交流している現在を、第三の奇跡と呼んでいます」

ハルカは堂々とした声で語る。

人の姿に変身してこの教室で授業を受ける竜族の学生は三人いて、彼らは周囲と同じようにこの学院で過ごしている。本来の姿とは違う姿に変身して日常を過ごすというのは、どれほどの心労や緊張をともなうのか、俺には想像がつかない。

第三の奇跡、人類と竜族の融和とは、まだまだ道半ばの話だ。

ロスチラフが短い拍手をしてから口を開く。

「正解だ。しかし、ここロザディアにおいて最も重要な第一の奇跡はどうした？　聖マーリスの子孫である君が、わからないなどとはいうまい」

「それが、第一の奇跡についてどうしても思いだすことができなくて……そうだわ、後ろで眠そうにしているグレイ＝フレイルくんなら、答えられるんじゃないでしょうか？」

は？

教室内が、ざわつく。

教壇に立つハルカを見ると、うっすらと意地の悪い笑みを浮かべて、こっちを見ている。

あいつ……昨日の仕返しかよっ……！

「なるほど。我が校で最も第一の奇跡に近い男……たしかに、これについては彼が適任だな」

ロスチラフはハルカの提案を好意的に解釈して、こっちに目をやる。

「どうだグレイ＝フレイル……たしかに眠そうな顔をしているな。昨夜《ゆうべ》もあのセラフィムと〝奇跡〟に励んだということか？　大儀である」

「勝手なこといってんじゃねぇ！」

ざわつく教室内。俺は我慢できずに立ち上がって叫んでいた。

「おお、目が覚めたようだな。それじゃあ第一の奇跡について教えてくれ」

「だ、第一の奇跡は……神聖フィリア帝国皇族の始祖にして最初の英雄であるカインの子どもを、生殖機能を持たないはずのセラフィムが身籠もったこと……です」

「そうだ。その時のセラフィムの御名こそが、フィリア。聖フィリア教の名の由来となり、始祖王カインによって庇護された」

カインとフィリア……ロザディアが国教とする聖フィリア教では、この二人を万物の父と母、神の化身としてあがめ奉っている。

この大陸の歴史は、血で血を洗う争いの歴史だ。

人間は竜族や魔物たち異種族だけでなく、人間同士でも争うことを続けていた。

五百年前、人間同士の争いにひとまずの終止符を打ったのが始祖王カインだ。

フィリアはその際にカインに付き従った、最初にこの大陸で覚醒した人型のセラフィム。

カインが統治する王国で、フィリアは生殖機能を持たないセラフィムの身でありながら三人の子どもを出産した。

その子孫たちが、現在大陸で最も巨大な権勢を誇る神聖フィリア帝国の皇族だ。

国教である聖フィリア教は、この大陸の秩序に正当性を与える土台となった。

「グレイ＝フレイル、現在我が校の生徒で人型のセラフィムと契約をしているのは君だけだ。英雄ヴィル＝ロークさえも為し得なかった、第一の奇跡の再現を私は期待しているぞ」

そして俺は、八歳の時に母さんのセラフィムだったエイラと上書き契約したことで、他人のセラフィムを奪いまくった祖父ヴィル＝ロークの「加護」を引き継いでいると、聖フィリア教会に一目置かれる存在となってしまった。

要するに、この学院の大人たちは、俺がエイラとヤりまくって彼女を孕《はら》ませることを期待しているのだ。ふざけるなだ。

昼時を伝える鐘が鳴って、授業は終わった。

俺は意を決して、ハルカの席に足をむける。

《黒耀の美姫》と呼び慕《した》われる彼女の周りには、すでに取り巻きたちが人垣をつくっていた。

しかし俺が近づいていくと、さぁっと波が引くようにみんな距離をとる。

「昨日のことで、用がある。ちょっと、きてくれないか」

俺がハルカに声をかけた途端、教室が喧騒《けんそう》に包まれた。

「た、大変ですわっ！」「《寝取り王》の毒牙がハルカさまに！」「あんな調子ですもの、教授たちはグレイ＝フレイルに襲われたって訴えても泣き寝入りをさせられますわーっ！」「偉大なるカインよ、ハルカお姉さまを救ってー！」

《寝取り王》の孫……それが、学院内における俺の評価だ。

女を狂わせ、奪い去っていく鬼畜の中の鬼畜。

おまけにその血筋と「加護」は学院の大人たちを黙らせるため、被害にあっても泣き寝入りになるのは確実……女子生徒はもちろん、男子生徒だって近寄ろうとはしない。

かしましくわめき立てるハルカの取り巻きに、俺は大声で主張する。

「べつになんにもしやしねぇよっ！」

「きゃあ、つばが飛びましたわ」「かかったら子どもができてしまいますわよ！」「目があっただけで孕ませると聞いたこともありますわ」「無理矢理に子どもをつくらせるなんてなんたる鬼畜……！」「偉大なるカインよ、ハルカお姉さまを救ってー！」

「みなさま、静かにしてください」

ハルカが手を叩くと、少女たちは口をつぐんだ。

「わたしのお祖父さまの立場をよくご存じでしょ。仮にフレイルくんが考えているとおりのケダモノであったとしても、決して泣き寝入りをするようなことにはならないわ」

「泣き寝入りもなにも、ただ返すものがあるってだけだ」

ハルカの顔がわずかにこわばった。こちらの意図を察したのだろう。

「フレイルくんが返したいものというのがなんなのか、わたしにはまったく見当がつかないけれど、そういうのなら、いくしかないわね」

　黒髪の少女はあくまでそらとぼける。

　ここで彼女の下着をポケットから出せば鼻っ柱を折ることはできようが、俺の立場がより悪くなるのは明白なので、軽はずみな行動は慎んだ。

　俺とハルカは、多くの視線を背中に受けながら教室を出た。

　とげとげしい空気をまといながら、一言も話すことなく肩を並ばせて歩く。

　人の目のない渡り廊下までやってきたところで、俺は足をとめた。

「ここらでいいか？」

「駄目よ。まだ何人か、ついてきてるわ」

「え、マジ？」

　ふり返ると、廊下の角にサッと引っこむ女子生徒の影が確認できた。

「慕われてますなぁ」

　ハルカが俺に変なことをされないか、心配しているのだろう。

　友だちのいない身としては、うらやましい限りだ。

「あなたと同じよ。みんなの目に映っているのはわたしじゃなくて、聖人マーリス＝セルバリスの血統、評議会議員の孫娘でしかないわ」

　ひどく冷めた口調で、彼女は吐き捨てた。

「いや、彼女らは本気であんたのことを心配してるだろ。それに、どう見たって俺と一緒じゃない。近寄っただけで距離をとられるんだぞ？　つばが飛んだら子どもができるからしゃべるなっていわれるんだぞ？　おまえ幻獣騎乗術の授業でペアになってくれるクラスメイトが誰もいなかった時の気持ちがわかるか？」

「ごめんなさい、わからないわ」

「即答するなよ、ちょっとは想像しろよ」

俺がまくしたてると、ハルカは口元に手を持っていて、わざとらしいせき払いをした。

あれ？　こいつ今、笑いそうになったの誤魔化《ごまか》した？

「聖化も差別の一種よ。教授たちに〝奇跡〟を押しつけられてるあなたならわかるでしょ」

「そこまでわかってて授業中にあんなふりをしたんだから、いい性格してるよな」

「そう、いい性格なのよ、わたしは。評議会議員の孫娘にふさわしい淑女なんかじゃないし、親が敷いた道をひた走るのなんてごめんなの」

「なるほど。だからやんちゃしたくなってシモンズなんかに捕まったのか」

口にした直後、俺は頭を半歩分、後ろに反らした。

鼻先をハルカの平手がかすめる。

「どうして避けるのよ！」

「くるとわかってて食らうやつがあるか！」

「シモンズ先生は、そんな人じゃ――」

ハルカは言葉を途中で切って、回れ右をした。

「まだあの子たちがついてきているのを、忘れてたわ。ちょっと走るわよ」

俺の腕をつかみ、走りだす。

ハルカの足は意外なほど速く、追っ手をまいた実感とともに、俺たちは階段下の備品置き場に身を隠した。

「ハルカさまーっ！　どこにいきましたのーっ！」

「今参りますわ！　お返事をしてくださいましーっ」

そんな声が遠ざかっていくのを耳にして、ようやくひと息つける。

時間がかかるとまたあらぬ誤解を受けるし、さっさと用事をすませて戻ろう。

ポケットに手を入れようとして、彼女が俺の腕をまだ握っていたことに気づいた。

「あ、ご、ごめんなさい」

ハルカは若干しおらしい態度で手を引っこめた。

「手に手を取りあって逃げるって、まるで物語の一場面みたいで、憧れたことない？」

「悪いな。これから渡すものは、その憧れを一気に台無しにするぞ」

「……知ってるわよ」

俺がポケットからとりだした白い下着を受けとって、不審の眼差しを投げかける。

「これ、なにか変なことに使ったりしてないでしょうね？」

「するか」

「そう、どっちみち二度とつけることはないし、処分するからいいけど」

じゃあ訊くなよ……。

「こっちからも確認させてくれ。普通に授業に出て、こうして今目の前に立っていることから、俺があんたを襲ったりしてないってことは、承知してもらってると捉えていいんだよな？」

ハルカは、小さく首を縦にふった。

どうやってその結論に至ったのか気にはなるが、追及するのはやめておく。

「わたしは、あなたに処女を奪われたと勘違いして叩いたわ。けど、謝りはしないわよ。とても怖くて、寮に戻ってからお風呂を沸かして、浸かりながらそのお湯が冷めるまで、ずっと泣いてたんだから」

彼女の表情を見て、嘘をついているとは思えなかった。

身体の自由を奪われ好きでもない異性に媚びを売るなど、誰だって許容できるわけがない。

ハルカが抱いた恐怖も含めれば、平手打ち一発など取るに足らない痛みだ。

「……ごめん、悪かった。ただ、好きでやったんじゃないことは、信じて欲しい」

俺は背すじを伸ばし、頭を下げて謝罪した。

「……許すわ。フレイルくんの加護の力は、今朝お祖父さまに教えてもらったから。それよりも、腹が立つのはシモンズ先生よ……なんであの人は昨日さっさと帰ったわけ!?」

ハルカは柳眉を逆立てて、その場で足を踏み鳴らした。

「あの人の要望に応えて、昨日はわざわざあんな服に着替えていったのよ！　この下着だって……もう最低よ！」

勝負下着だったのか……。

烈火のごとく怒りだしたハルカに、俺は後ずさりをする。

下着を返すという用もすんだし、ここは退散を――。

「どこにいこうとしているの！」

制服のスカーフをつかまれた。

「や、年上の恋人の愚痴なら、他の誰かに――」

「愚痴じゃない！　昨日の夜なにがあったのか教えて！　フレイルくんには義務があるわ」

整った美貌に至近距離で凄まれて、俺は生つばを呑みこんだ。

義務はない……とは、いえなかった。

ハルカのほとんどなにもつけていない姿を俺は昨夜目撃して、目をつぶればそれを思い出すこともできる。アリスのことを話していいのか疑問はあったが、黙っていろともいわれていない。

俺は、すべて正直に話した。シモンズのこともくさすことはなく、アリスに「変装魔術は見破っている」といわれて渋々引き下がったんだと、ありのままを語った。

それらを聞いたハルカの第一声は、次のようなものだった。

「アリスティア……シモンズ先生は、本当にそういってたのね？」

「知ってるのか、アリスのこと」

「知ってるもなにも、十二歳の時に最年少で《白》の称号を得た魔術師！　さらに二年前には光に速度があることを証明して天文魔術の分野を切り開いた天才じゃないの！」

興奮気味に詰めよってくるハルカに対し、俺は頭に疑問符を浮かべる。

「光？　速度？　なにいってるんだ？」

「あなたあの論文読んでないの⁉　二つの月によって星が隠れる時間にわずかな違いがあることを計測して、鮮やかに仮説を立証していたじゃない」

「受験科目は勉強したんだけど……それ以外のところは、ちょっと……」

「あなた今すぐここを退学なさい！」

再びすさまじい剣幕で迫られて、俺はハルカをなだめるのに苦労した。

「落ち着いてくれ。俺だって驚いてるんだって。その、てんもん……」

「天文魔術！」

「テンモン魔術ってのは、ちょっとよくわからないけど……十二歳の時に《白》の称号を得たとか、人間業じゃねぇだろ」

「そうね。わたしたちと同じ人間とは、思わないほうがいいわ……出自不詳の天才で、しかも、アリスティアはその天文魔術の論文の発表後に行方をくらましたのよ。それがどうして今《ダンテ》にこっそりいるのよ？」

そんなこと、俺にいわれてもなぁ……肩書きを聞く限り、この反応もわからないでもないが、シモンズよりもアリスのほうに食いついてくるとは思わなかった。

「俺は今夜もアリスに会いにいくつもりだけど、ハルカもくるか？」

彼女は一拍の間をはさんだ。

「……遠慮しておくわ。本物のアリスティアなら、絶対にまともな事態じゃない。フレイルくん、あなたも首をつっこまないほうがいいと思うわよ」

「ま、待ってくれよ……アリスがすごい人かもしれないってのはわかった。たしかに、不思議な感じな子だったし……けど、そんな警戒することなのか？」

質問をしながら、俺の脳裏を駆け巡るのは、昨夜のアリスとの別れ際のやり取りだった。

アリスが口を閉ざした理由は、彼女が最上級の魔術師であることが理由なのか？

「違和感が大きすぎるのよ。フレイルくんの『呪い』を治して喜ぶ人と、フレイルくんが奇跡を起こして喜ぶ人、後者のほうがずっと多いってこと、ちゃんと理解してる？」

「あ、心配してくれてるのか」

「……知らないわよ」

不機嫌に視線をそらすハルカ。

「天才魔術師に拉致監禁されて、無機物セラフィムに種づけでもしてればいいんだわ」

「種づけって……《黒耀の姫君》の口からそんな言葉が聞けるとは思わなかっ——ってぇ」

評議会議員の孫娘のおみ足が、俺の足を踏んづけた。

「わたしはもう教室に戻るから。一応、警告はしたからね」

「つぅ……待ってくれ。俺からもひとつ、訊いていいか？」

ハルカは琥珀色の瞳をしばたたかせて、先をうながす。

「シモンズとは、どうするんだ？」

「それ、あなたに関係ある？」

「ある……もしも二人が好き合ってて、昨日のことがきっかけで別れるなら……また俺に呪いのせいで嫌な思い出が増える」

教師と生徒、健全な関係ではないかもしれないが、そんなことは俺にはどうでもいい。

「呆れた……昔にもあったの？　こんなこと」

「使用人の逢《あ》い引《び》き現場に遭遇して十個も年の離れたメイドに貞操を奪われかけたり、家族旅行で海水浴にいったら水着姿のお姉さんにちょっとドキドキしてしまったばかりに砂浜を地獄に変えたりした俺の気持ちがわかるか？」

「わかるわけないでしょ」

今度は俺が詰めよる側になると、ハルカはうざそうに肩をすくめた。

「心配しなくても、ゆくゆくはわたしはあの人と一緒になることになってるのよ」

「え、婚約者ってこと？」

ハルカは「誰にもいっては駄目よ」と念を押してから、うなずいた。

「一年くらい前に《白亜》になった彼を祖父が気に入ってね。大事にされているのはわかるし、婚約者としてそんなに不満はないわ……ただ、たまにコソコソして、秘密はあるみたいなのよね。アリスティアが弱みを握っているっていうのを聞いても、驚かないわ」

語りながら、彼女はものすごいしかめっ面になっている。

「変装魔術……つまりあの顔は、先生の本物の顔じゃないってことなのかしら」

「……別に、嫌いな婚約者のことを無理矢理好きになれってんじゃないぞ？」

やはり、二人のことについて話したのは藪蛇《やぶへび》だったかもしれないと俺は後悔した。

「嫌いってわけじゃないわ。けど、ちょっと脅されたくらいであそこにわたしを置いていくとか、婚約者としてあり得ないと思わない？」

同意を求めてくる顔は、本気で失望しているわけではなさそうだ。

なんだかんだいっても、ハルカはシモンズに情があるということなんだろう。

「はぁ……やっぱり、お祖父さまが見つけてきた男なんて、気が進まない……」

口ではこんなことをいっているけれど。

「なにもかもが祖父の言いなりで、息がつまるわ……フレイルくんは、さっきから『俺の気持ちがわかるか』っていうけど、セルバリス家の人間として、学年で一桁の成績を維持し続けなければ親戚中で笑いものにされて、週末の自由さえなくなるわたしの気持ちはわかるのよね？」

「八つ当たりかよ……わかるわけねぇだろ」

「わかってよ！」

んな理不尽な。

「フレイルくんだって、不本意な『加護』を授かってうんざりしてるんでしょ。自分の人生を好きに生きたいって、大声で叫びたい時があるはずよ」

「たしかにな……この『呪い』さえなきゃ、俺はもっと自由に生きられただろうよ」

切実な訴えに共感する。

「あなたはまだセラフィムがいるからいいわよ。セラフィムと契約してる天翔騎士なら帝国の騎士に取り立ててもらえるし、いくらでも選択肢はあるわ」

「天翔騎士としてやってくつもりはないけどな……」

父は、俺が後を継いでウェンレルの領主になることを願っている。

母も、武器としてのエイラの力は、決して使うなといっていた。

エイラは《鋼》のセラフィムという、セラフィムの中でも強力な能力を備えているらしいが、その力を俺は見たことがない。

「うらやましい人……はぁ、わたしの前にも《導き手》が現れないかしら」

《導き手》とは、運命で引かれあう天翔騎士とセラフィムを巡り合わせるための精霊だといわれている。セラフィムの主人となる資格を得たものは、《導き手》に連れられてセラフィムの眠る場所まで巡礼の旅に出て、奇跡の邂逅を果たすのだそうだ。

ん？　なんで伝聞かって？　それは……。

「あなたの時はどうだったのよ。どんな《導き手》に連れられてエイラさんと会ったの？」

「俺にはいねぇよ。エイラは母さんのセラフィムだったんだからな」

「あ、そっか。《寝取り王》だもんね」

「やめい！」

軽やかに笑うハルカの頭に手刀を食らわせる。もちろん本気ではないが、あの《黒耀の美姫》に対してこんな気の置けない振る舞いをしていることに内心で驚く。

ハルカは人懐《ひとなつ》っこい笑みを浮かべ、琥珀色の瞳で見つめてくる。

「案外わたしたち、気が合うのかもしれないわね」

「ああ……まぁ、そうかもな」

「ねぇ、付き合ってみる？」

「はい⁉」

「悪くない気がするわ。お祖父さまが決めたシモンズ先生の前で、奇跡の《寝取り王》と浮気……お祖父さまも立場上、強くはいえないでしょうし、ちょっとは見返してやれるかも」

「まてまてまて……もうちょっと自分を大事にしろよ」

「自分を大事にするために、必要なことなのよ。フレイルくんはわたしじゃいやなの？」

「あのな。俺は誰かを寝取るような真似はしたくないんだよ」

「あの力を使わなければいいんじゃないの？　横恋慕も禁止じゃ、恋なんてできないじゃない」

「とにかく落ち着いてくれ」

俺は詰めよってくるハルカから距離をとって、深呼吸を繰り返した。

こんな不意討ちみたいな誘惑は、心臓に悪い。もしもここで呪いが発動して本当に彼女をその気にさせてしまったら、抗いきれる自信はなかった。

こっそり憧れていた《黒耀の美姫》なら、なおさらだ。

「焦っているのはそっちだと思うけど……あなたって、噂されている以上に変人ね」

ハルカは気まぐれな猫のようにくすくすと微笑む。

「おまえにいわれたくねぇよ……」

「いいわ。フレイルくんに免じて、ちゃんとシモンズ先生と仲直りする……けど、あなたもちょっとだけ、真面目に考えてみて」

「なにを？」と、とぼけることはできなかった。

長い黒髪をゆらして、ハルカの背中が遠ざかっていく。
女って、怖えな……。

3　地下へ

夜がきた。

ハルカの警告を意識しつつも、俺はやはり、アリスとの約束を破れなかった。

今朝のうちから、アリスを餌付けするためのお菓子をエイラに手配してある。

神の恩寵《おんちょう》たる人型セラフィムは、寮の厨房を好きなように使わせてもらえているらしい。

「お気をつけていってらっしゃいませ、ご主人さま。なにかありましたら、いつでもこのエイラをお呼びください。たとえ天の果てだろうと地の底だろうと、すぐに馳せ参じます」

「いくのは天の果てでも地の底でもなく図書館塔だよ。まぁ注意はするけどな」

焼き菓子の入った紙袋を受け取り、部屋の窓から縄を伝って、月明かりの下へ飛びだした。

旧き大きな月――《碧月《あおつき》》と呼ばれる――が強く輝いていた。

大きな学院が、まるで水底に沈んでしまったかのような、青みがかった夜だ。

学内を警備する魔晶石の監視経路をくぐり抜けて、《ダンテ》に到着する。

「なんとかなるもんだな……」

昨夜のアリスの言葉どおり、裏手の右から十三番目の窓の鍵が開いていた。

俺は窓枠に足をかけ、図書館の侵入に成功する。

そういえば、どこで落ち合うか決めてなかったな。

薄青い闇に沈む本の森の中に、アリスを探す。

脳裏にあの金髪碧眼を思い浮かべ、焦れている気持ちを発見する。

早く会いたい……もしもいなかったら、どうしようか。

昨夜のことを夢とは思わない。けれど、アリスというあの現実感の乏しい少女はやはり幽霊や妖精の類で、一夜経てば夜の闇に溶けてしまうような存在かもしれない。

「アリス……どこだ？」

不安が胸の内にもたげ、思わず声を発した。

背後から伸びてきた手が俺の口を覆ったのは、その直後だ。

「んごっ！」

俺の身体は驚愕とともに引きよせられ、後頭部におぼえのある柔らかな感触があたる。

「ふふ……びっくりした？」

肩からにゅっと飛びだしてきた横顔が、こっちをむいて笑った。

黄金の髪と碧玉の瞳の、現実離れした美貌。

「もうちょっと、普通に出てきてもらえませんかね」

「ん、こういう演出は苦手だった？」

「心臓には悪いな」

「ふーん……驚きで呪印が出ることはないのね」

俺に後ろから抱きついた姿勢で、左手の甲をまじまじと観察する。

本当に呪いが発動してしまいそうなので、俺はアリスを引き剥がした。

「こんばんは、一晩ぶりね」

「ああ、一晩ぶりだな」

改めて挨拶を交わした後、彼女はそわそわしだした。

「それで、お菓子はどこ？　あなたのメイドがつくったお菓子はどこにあるの？」

「……俺の呪いじゃなくて、そっちが目的になってるだろう？」

俺は、エイラに渡された紙袋を差しだした。

紙袋を開けると、濃厚なチーズのにおいが漂ってくる。

アリスはすっと俺に身を寄せて、それをかいだ。

「おいしそうな、いい香り」

「昨日いったとおり、ピーチャっていうウェンレルの郷土料理だよ。チーズと小麦粉と卵に、ミントやベリー、レモン汁をまぜて油で焼くんだ」

「羊乳バタークッキーの次は、羊乳の焼きまんじゅうというわけね」

小ぶりな焼き菓子を二口でたいらげて、アリスは幸せそうに目を細めた。

「素朴ながら、甘みと塩加減が売りのウェンレルチーズの旨味を存分に引きだしてるわね」

「本当はピーチャにはホエーチーズを使うから、もっと淡白であっさりしてるんだけどな」

俺もひとつ口に運びながら、解説する。

彼女のいうとおり、さわやかな塩味と甘みがウェンレルの羊乳チーズの特徴だ。

オリーブオイルに漬けて保存するとまた風味が増すが、俺はそのまま蜂蜜をかけて食べるのが一番美味いと思っている。

紙袋に十個近くあったピーチャをペロリとたいらげ、アリスは満足げにお腹をさすった。

「ごちそうさま……グレイ、また明日ね」

「いや待て、本題が残ってるだろ！」

「呪いを解かなければ、グレイは毎日、美味しいお菓子を届けてくれるんでしょう？」

「呪いを解いてくれたら、用なんかなくても毎日持ってきてやるよ」

本気の言葉だった。

「約束よ。あたしはいつでもここで、お腹を空かせて待ってるんだからね？」

「いつでもって……昼はなにも食ってないのか？」

図書館だから火気厳禁で料理はできないと、昨日はいっていたが。

「食べてるわよ、ジャムを」

「ジャム？」

アリスはマントの内側から、緑色のジャムが半分くらい入った小瓶を取りだした。

蓋を開けて人さし指でゼリー状の物体をすくい取ると、俺のほうに突きだす。

「なめてみる？」

窓から射しこむ月明かりの下、指先の濃緑のジャムは、つやつやとした光沢を帯びていた。

「なんのジャムなんだ、これ」

「グリーンサボテンよ。皮を剥いて砂糖に漬けておけば、火を使わずにジャムになるの」

「サボテンて、食えるのか……」

「サマルガンドじゃ、わりと一般的な食料品よ」

意を決して、俺は彼女の人さし指を口に入れた。

舌に広がる甘みと、鼻をつく独特の青臭さ。唇に触れる彼女の指の感触。

深夜の図書館という、この特異な状況のせいだろう。冷静になってみると、とてつもなく恥ずかしいことをしていることに気づいて、俺はアリスの指を放した。

「どう？」

「……後味は、不思議な清涼感があるな」

「ハーブも混ぜてるからね」

「普段、こういうものをつくってるのか？」

「その時の気分ね。たいてい写字生《しゃじせい》に混じって魔導書の写本作りを手伝ってるわ」

写字生とは、教会で古来より稀覯本や教典などを書写してきた人々だ。印刷術が編みだされてからはその数を減らしたが、魔導書の写本だけは相応の技術を持った魔術師が必要であると聞いている。

「アリスは《白》の魔術師なのか？」

俺は思いきって、尋ねてみることにした。

彼女は特に隠すそぶりもなく、あっさりと認めた。

「昨日、あたしの名前を知ってもピンときてなかったみたいだけど、誰かに聞いたの？」

「ハルカに、誤解を解くついでに」

マーリス魔法学院が魔術師に与える称号は《灰》《銀灰》《白銀》《白亜》《白》の五つがあり、《白》は最上位にあたる。

俺のような一般の学生は卒業する時に《灰》の称号を授かる予定で、魔術師として最低限の知識と技能を有することを意味する。

俺たちに講義をする教導魔術師たちのほとんどは《銀灰》で、生涯で《白銀》を授与されるのはほんの一握りだという。

二十五歳で《白亜》と呼ばれるシモンズは例外中の例外。

十二歳で《白》の称号を得たというアリスなど、もはやおとぎ話の世界だ。

「そもそも今、大陸に《白》の魔術師って何人いるんだっけ？」

「この魔法学院の現学院長たるロウランとあたしの二人ね」

なんだよそれ……しかも学院長のこと呼び捨てなのかよ……。

ちなみに、学院長ロウランの存在はマーリス魔法学院の七不思議のひとつだ。

彼がどのような人物なのか、その姿を見たというものを俺は知らない。

今、目の前にいる魔術師の少女を除いて。

「《白》とか《白亜》とか、そんな気にすることないわよ。しょせん聖フィリア教の尺度で勝手につけてるだけだもの……と、こっちよ。暗いから気をつけて」

「勝手知ったるって感じだな……」

「何年も住んでれば、そりゃね。手、繋いだほうがいい？」

「が、ガキじゃないんだし、別にそんなのだいじょ――ぐがあっ！」

なにか固いものが俺の脛を直撃し、かがみこんで悶絶する。

顔を上げると、脚立が置いてあった。どうやらこいつのせいらしい。

「ここらへんは利用者が多いから、片付けられなかった脚立が放置されてることが多いのよね」

「わかってたんなら早くいえよ……！」

「だから手を繋ぐかって、聞いたのに」

してやったり、という笑みを浮かべるアリス。

脛を押さえてしゃがんでいた俺は、彼女が差しだす手をとった。

小さくて柔らかな、女の子の手だった。

指先は少し冷えていて、肌はとてもすべすべしている。

足の痛みは、いつのまにか消えていた。

「どこにむかってるんだ？」

無言でいるとアリスの手を意識してしまいそうなので、俺は気を紛らわすべく話題をふる。

《ダンテ》は、四つの階層からなる巨大な塔だ。

俺たちがいまいる第一階層は入学初年度から利用でき、第二階層の図書は《灰》の称号を、第三階層は《銀灰》、第四階層は《白銀》を授かるとそれぞれ閲覧できるようになる。

目当ての情報がどこにあるのか俺には見当もつかないのだが、《白》のアリスがいれば怖い物なしだと気楽にかまえていると、意外な答えが返ってきた。

「あたしたちがこれからいくのは地下の禁書庫よ」

「地下？　《ダンテ》に地下があるなんて聞いたことないぞ」

「そりゃあ、公《おおやけ》にはなってないもの」

「秘密の部屋……ってことか」

俺の手を引くアリスは、一度ふり返って、こっちを見た。

「部屋、なんてかわいいものだったらいいんだけどね」

「変に不安をあおるなよ……俺はなにもかも初めてなんだからさ」

「あたしだって、地下の禁書庫にいくのは初めてよ」

俺は思わず、足をとめてしまった。

「アリス、完璧に案内してもらう立場でいうのもあれなんだけどさ、ちょっと説明をしてくれないか？　《寝取り王》の呪いを解くための本が、地下にあるんじゃないのか？」

――天才魔術師に拉致監禁されて、無機物セラフィムに種づけでもしてればいいんだわ。

脳裏に蘇るのは、昼間のハルカの言葉だ。

「あるかどうかはわからないわ。ただし、あるとしたら、地下になるわね」

「その根拠は？」

「第一階層から第四階層まで、すべての本を読んだけど、なかったもの」

俺は、間抜けな声をあげずにはいられなかった。

「はい？」

「《寝取り王》ヴィル＝ロークに関する本は、説話集から調査研究までたくさんあるんだけどね。彼がグレイみたいな呪いにかかっていた、なんて事実はあたしは読んだことないわ」

「え、いや、でも……」

「彼が活躍したのは、ほんの六十年前よ。たしかに魔王軍が攻めてきて不安定な情勢だったけど、当時のことをおぼえている人間はたくさんいるわ。なのにガーラント著の『ロンド王国建国譚』によれば、彼の国を訪れたヴィルは一般的な伝説と違い気弱で、ともに旅をする第一夫人の目を気にして、とても複数の女性に手を出せるような男ではなかったと記されているの。

けれど、ビスマルク著の『二十三番目の英雄伝』には、あるメイドが居室に入ると、ベッドの上で五人の美姫を侍らせその寵愛を受けていたって証言もあって――」

とうとうと語りだしたアリスに、俺は圧倒されてしまった。

「よ、ようするに……？」

「ようするに、なにがいいたいかっていうとね、よくわからないのよ。証言ごとに、逸話ごとにヴィル＝ロークの人となりがばらばら。しかもその数が多すぎる。明らかなホラ話を外していっても、ヴィル＝ロークって人間が五、六人はいなきゃ説明がつかないのよ」

「そ、そうなのか……」

「グレイ、あたしからもひとつ質問させてもらうわ。あなたは祖父であるヴィル＝ロークに、会ったことがあるの？」

真剣な瞳で訊かれ、俺は首を左右にふった。

「実をいうと、ない……母さんから聞いた話によると、当時すでに結婚していた婆ちゃんの前に旅人に扮したヴィル＝ロークが現れて、二人は許されざる恋に落ちたらしい」

母さんは最初ヴィルとの子どもってことを隠して育てられたらしいが、婆ちゃんは長生きしなくて、死に際に真実を伝えたそうだ。

母方の祖父母が俺が生まれる前に両方とも病没したことも含めて、アリスに話した。

「なるほど……そしてグレイが呪印によってお母さまのセラフィムの契約を上書きしたことで、

お祖母さまの話は信憑性を持ち、君は『奇跡の子』と呼ばれるようになったたってわけね」

おそらく、そういうことなんだろう。

幼い頃はそういった事情に疎く、俺はあいまいにうなずくことしかできなかった。

「なんとなく、予想したとおりだわ。《寝取り王》と呼ばれた男の実態はつかめない。君の呪いを解除するなら、魔術的な方向性からあたるべきなんだわ」

「それを調べるための魔導書は、存在すらも秘匿されてる《ダンテ》の地下にある……なんか、話が変なほうに転がってきたな。第三階層や第四階層にだって、魔導書はあるんだろ？」

「もちろんよ。ただ、あれらの魔導書とは毛色が違うのよね。一般的なエーテル魔術でも、聖フィリア教の一部の神官が使う《聖言《プロシュ》》とも違う」

「そうなのか……」

魔法学院一年生で、いまだ魔術師の卵でしかない俺は、うなることしかできない。

アリスが再び歩きだし、そのあとについていく。

地下というから、第二階層へと続く階段のほうへむかうのかと思ったが、彼女が足をとめたのは巨大な本棚の前だった。

「まさか……」

「ええ、そのまさかよ」

アリスは目の前の本棚を慎重に探っていき、三段目の棚にある青い背表紙の本と、四段目の棚の赤い背表紙の本を引きだした。

「ん……」

残る五段目の棚に手を伸ばそうとして、背伸びをするが届かない。

彼女の白いつるりとした腋や、豊かな胸のふくらみが無防備に目に飛びこんでくる。

俺は邪念を払って駆けより、どの本を取ろうとしているのかを尋ねた。

「その、白い本よ。半分だけ引きだしてみて」

彼女にいわれたとおりにする。

すると、右隣の本棚がけたたましい音をたてて、後ろに下がりだした。

床の下で、巨大なからくりが作動しているのが足裏から伝わってくる。

下がった本棚は、さらにそこから横にずれて、人ひとり通れるほどの隙間をつくった。

のぞきこむと、暗い地の底へと階段が伸びている。

「本棚の隠し扉って、子どもの時、憧れてたな」

「あたしは今でも憧れてるわよ」

「訂正……俺も今でも憧れてる」

階段の入り口には、上に文字が刻まれていた。

――この門をくぐる者は一切の希望を捨てよ。

聖フィリア教においては、地獄の門に書かれていると教えられる一節だった。

「この先にあるのは、地獄ってことか」

「正直、なにが待ち受けるのか、わからないわ。危険なこともあると思う。それでもいく？」

「ここまできて、引き下がれるかよ……でも、武器とかあったほうがいいか？」

「一応あたしは、何冊か魔導書は準備してるわ」

アリスは、腰の金色の鎖に下げた、小さな鍵と錠前を示した。

「それが魔導書？」

得意げな表情で鍵を錠前に差してひねる。

するとまばゆい銀色の輝きを放ち、錠前は皮革装丁された白い本に、鍵は短剣に変身した。

「すげぇ……」

彼女の金の鎖には、まだもうひとつ錠前がぶら下がっていた。

「あたしの発明だから、もっと誉めてくれてもいいわよ。それと、君が武装をしても意味ないから、さっさといきましょうか」

「ですよね……」

アリスは魔導書だけ錠前に戻して、隠し階段を下りていく。

「ドュナイ・デュナミス――光よ、我が祈りに応えて、闇を照らせ」

彼女が呪文を唱え短剣をふるうと、こぶし大の光球が生まれ、暗闇を照らしだした。

「おおーっ！」

「こんな単純な照明魔法に感心してどうするの」

呆れるアリスのあとに続く。

ほどなくして、白い天井と床の、せまい通路に出た。

両側の壁には棚が並べてあって、雑然と本が詰めこまれている。

「ここが、《ダンテ》の禁書庫なのか」

きっちりと背表紙をそろえてある地上の棚を思えば、ここは利用者に閲覧させることをまったく考えていない。

床の上にそのまま置かれている本もあり、手を伸ばしかけるとアリスの忠告が飛んだ。

「迂闊に触らないほうがいいわよ。手に取っただけで呪われるような類の魔導書もあるからね」

「そういう危険なものだから、禁書庫に押しこまれたのか」

慌てて手を引っこめて、さらに注意深く周囲を観察する。

本の他にも卑猥な絵画や奇妙な形の彫刻、鎧なども棚の隙間に押しこむように置かれていた。

「それだと二十点ってところね。ここにあるものの大半は、聖フィリア教会が、異端と判断したものよ。人の眼に触れさせたくないがために、ここに隠してあるの」

説明するアリスが一冊の本を抜きとり、広げてこちらへむける。

本の挿絵には、臍《へそ》より下のない少女が写実的な筆致で描かれていた。腹部が開かれて臓器と金属的な管が確認できることから、人型セラフィムの解剖図であると予測できる。

「解剖された人間と人型セラフィムの身体について比較している本よ。セラフィムの自己治癒能力を促進して、早期に病気や怪我をなおす方法も載っているわ。けれど人型セラフィムを神の恩寵とする聖フィリア教会は、人とセラフィムの比較をいやがって発禁処分にしたのね」

帝国と小競り合いを続けるマルニダスやシューレーンの戦場では、セラフィムたちが道具のように使い捨てられていると耳にする。

「この本が出まわれば、救われるセラフィムは増えるわ。にもかかわらずこんな場所にしまっておくのは聖フィリア教会の欺瞞ね」

「……持ち出したら？」

「教会が総力をあげて、消しにかかってくるわ」

アリスは不遜な笑みを浮かべて、本を書棚にしまった。

「だから、この場所について、あたし以外の誰かに口外することは禁止よ」

「もしかして俺今、無茶苦茶やばい場所にきてる？」

門限破りで留年を気にしていたのが、いつのまにか極刑に変わっている。

「やばいのはあたしも一緒よ。薄々ここの存在には気づいていたけど、こんなにも異様な場所だとは思わなかったわ」

《白》の魔術師はしゃがんで、白い床に触れた。

真似《まね》をしてみると、金属のように硬く光沢があるのに、わずかな温もりを感じる。

「なんだ、これ」

「ミスリルよ。セラフィムの骨格にも使われている金属。異界に消えたエルフがミスリルの鍛造に秀でていたといわれてるわ」

「え、エルフって……おとぎ話だろ？」

かつてはこの地上を支配し、今は森に隠れ棲んでいると語られる幻の一族。

怖ろしく長命で、その容貌は目が眩むほど美しいという。

「なにいってるの。連中は人の中に紛れて、今の社会を監視しているわ。てか、昨日も会ったばかりでしょ。ギール＝シモンズ……彼はエルフよ」

「はぁっ!?」

予想だにしていなかった言葉に、驚愕の声を反響させてしまう。

「でも、だって、あいつ、別に耳は長くないぞ！」

細長い耳……それは、現代に伝わるエルフの特徴のひとつだ。これも、どこかの吟遊詩人の創作だと俺は思っていたのだけれど……。

「魔力で顔を変えているのよ。なかなかうまくやってるけど、あたしの眼は誤魔化《ごまか》せないわ」

「ま、マジかよ……」

にわかには信じがたい話だったが、そんな俺は放って、アリスはまだこの通路の床材が気になっているようだった。

「こんなに大量のミスリルは、どこからきたのかしら」

見上げてみれば、天井も床と同じ材質であることがわかる。本棚に隠れて見えないが、壁も同様だろう。

「大量にあったらおかしいものなのか？」

「現在では、ミスリルは同じ重さの金の百倍の値打ちがつくわ」

「ひゃく……！」

「それと、こうやって床をなでてみて、なにか気づくことはない？」

試すような物言いをされて、俺は真面目に考える。

錆のひとつも浮いていない、なめらかな白い表面。照明魔法の発する光をよく反射してくれるおかげで、たったひとつしかない光源でもかなり奥のほうまで見通すことができる。

「あ……そうか。どうしてこんなに、きれいなんだ？」

雑多な印象は受けるが、埃や塵がまったくといっていいほど積もっていない。

「正解よ。セラフィムの骨格であるミスリルは、代謝機能を持っているの。細かい塵や埃は吸収されて外に排出されたんでしょうね」

「た、たいしゃ？」

「……のんびり講釈をしてる場合じゃなかったわ。いきましょう」

立ち上がり、アリスは歩きだした。

俺は慌ててそのあとを追う。

規則的な足音。

雑然としている一方で、単調な光景が延々と続いた。本棚を埋める背表紙の文字は、読むこともかなわぬ記号の羅列で、非現実感をいや増しにしている。

ここの存在を口にしたら聖フィリア教会に消される——先ほどのアリスの警告が真実味を帯びてきたと、肌で感じた。

心臓に絡みつくような不安から逃れたくて、目の前でゆれる金髪に尋ねる。

「……初めてきたらしいけど、どうしてこの場所に気づいたんだ？」

アリスは一瞬足をとめて、肩越しにちらりと俺をふり返った。

「聖地を探していたのよ」

「聖地って……あの、《分娩室《デリヴァー》》のことか」

第一の奇跡の舞台、セラフィムであるフィリアが、人間の男カインの三人の子どもを産んだ《分娩室》……その奇跡の部屋は、マーリス魔法学院が建っているこの地にあるといわれる。

しかし言い伝えが残るのみで、その部屋の具体的な位置は、わかっていない。

もしも発見されたら、魔法学院創立以来の大事件となるだろう。

「アリスは、聖地《分娩室》が、ここにあると思っているのか？」

「確証はないわ。ただ、《ダンテ》の地下は怪しいと思っていたけどね」

《白》の魔術師は横に並んで、肩を寄せてくる。

「グレイ、あなたは《ダンテ》と、この学院の他の建物を比べてみたことってある？」

俺はあごに手を置いて考えた。

入学してから、この図書館塔を見ない日はなかった。

どの建物よりも高く、大きく、荘厳で、奇怪。

遠目には二匹の蛇と無数の茨が絡み合って巨大な尖塔の形をなしているように見え、近づいてみれば数多《あまた》の彫像、ステンドグラスが悪夢のようにひしめいている。

ここまでゴテゴテと装飾過多な建物は他にはない。

寮も校舎も、基本的には直線的で端正な印象を与えるものだ。

そういった特徴を挙げていくと、アリスは「よくできました」と満足げにうなずいた。

「《ダンテ》以外の建物は、魔法学院が創立した七十年前に主流だった、左右対称で幾何学的な意匠のコールデアン建築。対する《ダンテ》はその十数年前に流行したヌールヴォア建築……有機的なモチーフを盛りこんだ装飾華美な様式ね。ここから導きだされることはなに？」

「この学院で、最初に建てられたのがここだって話だよな。一万なんぼだかの彫刻で豪華に盛りつけたから、予算と工期を無茶苦茶食い潰しちまったって」

「正確には一万と千二百三十三ね。中に収められた本を抜きにしてもこの図書館塔は人類の財産、美術品の塊よ」

「だから、聖地があると？」

アリスは首を左右にふった。

「ここまでは表向きな理由。あたしは《ダンテ》はヌールヴォア建築とは思っていないわ」

「……その根拠は？」

「今の人類の建築技術で十年とちょっとでこんな構造物をつくるなんて不可能よ。魔法学院の工期がズルズルと延びたのは、竜族から人間に変身しないでも利用できるようにしろって要望があって、その調整に難航した記録があるわ。本命はこっち」

「じゃあ、この図書館塔は……」

「もとからここに在ったものを利用したなにか……出自不明の塔にめちゃくちゃなドレスを着せて、ヌールヴォア建築って言い張っているのよ」

今目の前に広がる光景を見たら、断言する少女を疑う気にはなれなかった。

めちゃくちゃなドレスを着せて隠したかったなにかが、たしかにここにはある。

ミスリルの床を踏みしめる足が、自然と震えた。

まずいな……気を紛らわすつもりが余計に怖くなってきたぞ。

『怯えなくても平気よ。ここにはたくさんの魔導書があるんだから。それを使えばグレイだって簡単に強くなれるわ』

隣から、俺を励ます少女の声。

「いや俺、魔導書とか使ったことないし」

『難しいことなんかないわ。ちょうど今、右手を伸ばしたところにある黒い本を取って開いてみなさい。そう、その本棚と鎖で繋がれた、持ち出し厳禁のやつよ』

「いいのかよ」

『力が欲しいんでしょ。ためらってはダメよ』

魔導書には触るなと警告された気がするのだけれど、自然と身体が動いた。

鎖つきの黒い図書を本棚から抜きとり、開く。

「ちょっと、なにやってるの!?」

アリスの鋭い叱責が耳に届き、我に返ったのはその時だった。

俺が手にした黒い魔導書は、強風にあおられるようにページがめくれていく。

青黒のインクで筆記された魔術文字が銀色の輝きを放って視界を流れる。

「血よ！　血をかけてインクで書かれた術式が完成する前に、破壊するの！」

言葉の意味を理解できない。

黄金の髪の魔術師は、舌打ちをして、俺の腕をつかんだ。

黒い魔導書はひときわ強く明滅し、思わず目をつぶる。

身体の平衡感覚が失われ、膝が崩れた。

隣にいるアリスのにおいや体温、肌の柔らかさだけが知覚できるすべてとなる。

一体、なにが起こってるんだ？

頭がぼーっとして重い。

俺は、閉じていたまぶたを開いた。

視界に広がるのは、一面の荒野だった。

「えっ……!?」

かがみこんだ俺に寄り添うように片膝をついたアリスが囁く。

「幻想領域よ。落ち着いて」

「幻想領域って……」

わけがわからなかった。

白い床と天井は、壁を埋め尽くす本や美術品の数々は、どこにいってしまったのか。

黄土の地面と、夕暮れ時のような赤い空。

砂混じりの強風が頬に吹きつけて、俺は愕然とする。

「超高密度で織りあげた魔術式で異界を生みだし、対象者を誘いこむ最上位の結界魔術。核となる発動者を倒すか、この幻想領域を駆動させているエーテルが尽きない限り、あたしたちはここから出られないわ。まったく、面倒な罠に引っかかってくれたわね」

「ごめん」

素直に謝るしかなかった。

アリスは咎《とが》めるような半眼になって、こちらの頬を引っ張る。

「こうならないようにいろいろ話題をふってたのよ。あたしの講義よりも悪魔の誘惑のほうが魅力的だったってことよね」

「いたっ！　そ、それは……！」

鈍い痛みを味わっても、俺はまだ状況を呑みこめなかった。

「……本当にこれが、魔法による幻だってのか？」

「幻じゃないわよ。この空間もここにいるあたしたちもたしかに存在する。この地面に思いきり頭を打ちつけてかち割れたら、君は死ぬわ」

「魔術は……魔導書ってのは、こんなことまで可能なのか」

「魔導書は積層された魔術式……魔術師がひとつの魔術を行使するのに描く魔法陣が、束になったものよ。技術があって発動さえさせられれば、たいていのことはできるわ」

アリスは「発動さえさせられれば」のところを強調する。

「だから勝手に触るなと警告したのに」と、言外に俺の行動を糾弾しているのだ。

「ほ、本当にすまん……たぶん、不安につけこまれた」

「そう……ならあたしが側にいればなにも心配はいらないってこと、目に焼きつけなさい」

腰の鍵を錠前に差して、短剣の封印だけを解く。

巨大な翼が羽ばたく音が聞こえた。

「あらぁ？　まさか二人も迷いこむなんてぇ、ついてるわぁ」

妖艶な女性の声とともに、黒いコウモリのような翼を背中に生やした女性が舞い降りる。

くすんだブロンド髪の頭からは羊に似た曲がった角が生えて、長い尻尾まで生えている。

「女の子のほうはどっちでもよかったんだけどぉ、百年ぶりのエサだものねぇ……せいぜい楽しませてもらわなきゃ」

豊かな胸とおしりを強調するように身体をくねらせ、熱っぽい視線をこっちに送ってきた。

「さ、サキュバス……？」

「せぇか〜い！　夢魔に遭うの初めてかしら？　でも安心して。痛いことなんてしない……これからは死ぬまで気持ちいいことと楽しいことしかないんだから」

サキュバスが舌なめずりをしたかと思うと、背中の黒翼を大きく羽ばたかせた。

三十歩分はあった距離をひと息で詰めて、青白い肌の美貌が俺に迫った。

爪の長い指先で俺の顎をなでながら、ぽってりとした唇から甘い息を吐きだす。

「やだ、食べ頃じゃないの。怯えないでぇ。アタシといいことをしましょ」

銀色の閃きが、視界を横切った。

サキュバスはすばやく後退し、短剣をふるったアリスが、俺を庇って立つ。

「こわぁ〜い……彼氏が寝取られそうで妬《や》いたのかしらぁ？」

「その両足の傷、くわえて百年ぶりのエサという言葉……あなた、マタハリね」

魔術師の言葉に、夢魔の陰湿な笑みが固まった。

「マタハリ？」

「百年前の第一次魔王侵攻の際に、カインの子孫イアソンが率いていた第六部隊をたった一人で壊滅させた伝説のサキュバスよ。七番目の英雄、弓士ヴィルヘルムの矢に両足を射貫かれて敗れ、その後の記録は残っていなかったけれど……まさか魔導書に封印されていたなんてね」

「ヴィルヘルム……いやな名前を思い出させてくれるわねぇ」

すらすらと語るアリスに、マタハリは目尻を引きつらせた。

「いいわぁ……どこの誰だか知らないけど、先にあなたの相手をしてあげるぅ」

「伝説の夢魔に相手をしてもらえるなんて光栄……といいたいけれど、正直底が見えるわ」

《白》の魔術師があからさまなため息をついて肩をすくめる。

マタハリの顔から表情が消えた。

「へぇ……なら本当に見えているか、たしかめてみようじゃないっ」

サキュバスの黄金の瞳が、妖しく光る。

「グレイは目を伏せて！」

俺がアリスの指示に従うのと同時に、刃物が重なる音が響く。

「なんでぇ!?　アタシの魅了魔術には女だって抗《あらが》えないのよぉ！」

「あたしに精神に作用する魔術は通じないわ。そういった攻撃を感知した途端に、あたしの身体を巡る生体魔力の流れが悪くなるの」

「アタシの魅了魔術が、あなたの精神にまで達してないっていうの？」

「ご名答よ」

俺は薄目を開ける。アリスの短剣とマタハリの長い爪が交差し、二人は正面からにらみあっていた。短剣がサキュバスの爪を弾き、《白》の魔術師は鋭い蹴りを放つ。

短いスカートが風を孕み、白い太ももとショーツが一瞬だけ見えた。

——黒……！

「ぐうっ！」

マタハリは短いうめき声を発しながら、身体をくの字に折って後ずさった。

「あなた……格闘家だったのぉ？」

「いいえ魔術師よ。カラテは精神統一のために軽く嗜《たしな》む程度ね」

「ちっ……馬鹿にしてぇっ」

サキュバスは両手の鋭い爪で、連撃をくりだす。

アリスは猛攻を涼しげな顔でかわし、相手が深く踏みこんできたところで、狙い澄ました矢のような掌底《しょうてい》を顔面に叩きこんだ。

夢魔ははじき飛ばされて、地面に大の字に倒れる。

「そんな……ここは、アタシの空間なのよぉ……なのに、どうして人間の小娘に……」

「理由はいくつか考えられるわね。第一に、あなたは百年ぶりのエサといったわ。つまり、それだけ万全の状態ではないということ。第二に、どういう経緯でこの幻想領域の中にいるのかは知らないけれど、確実にあなたが用意したものではないでしょう？　どう見ても、ここは男女が愛し合うムードじゃないわ」

アリスの指摘にマタハリは唇を噛んだ。

たしかに、黄土のなにもない荒野は、サキュバスらしくない。

「あなたは第一次魔王侵攻の際の敗北を受けてこの魔導書の中に封印されたんでしょ。その支配を百年かけていくらか解いて、この幻想領域の中では自由に動けるようになり、外の人間を引き入れることは可能になった。けれど、この幻想領域を構成する魔術には精通してないから、こんなみすぼらしい環境のまま、ということね」

見てきたように推理する《白》の魔術師。

図星だったのだろう、マタハリは開きなおって、哄笑を響かせた。

「アハハハハッ！　どうやら役者が違ったようねぇ……でも、残念。アタシが死ぬまでこの幻想領域からは逃げられないわよぉ」

「まだあたしは、三つ目の理由をいってないわよ」

勝ち誇る夢魔に、アリスは腰の鎖に繋がった錠前の封印を解き、白い魔導書を取りだした。

その時になって、気づいた。

彼女が持っている白い魔導書のページは、小口の部分が繋がり、袋綴《ふくろと》じ状になっているのだ。

同じことに気づいたらしいマタハリが驚愕する。

「その装丁、白い革表紙は……まさか、サルディスキアの魔導書!?」

「の、写本だけどね」

アリスは右手の短剣を、魔導書の背を上からつかむように持った左手の甲に滑らせた。

白磁のごとき肌に赤い筋が生まれ、銀の刃は魔術師の血を吸う。

「ドュナイ・デュナミス——書よ、我が血を以て応えよ！　汝は偽りの国に鏤刻《ろうこく》せし天涯の牙」

呪文の詠唱とともに左手を返し、赤く濡れた短剣をページの繋がった折り目のところへあて
——一気に切り開く。

封印を解かれた魔導書は、膨大な量のエーテル光を天へと吐きだし、アリスの頭上に特大の魔法陣を描いた。

地面がぐらぐらとゆれ、大気中のエーテルが暴風となって吹き荒れる。

「《月天を貪れ《マルナガアルヴ》》！」

天空の魔法陣から、巨人がふりまわすべく鍛え上げたかのような極大の偃月刀《えんげつとう》が顕現した。

鍔元の絢爛《けんらん》たる黄金の装飾は逆巻《さかま》く炎をかたどり、曲がった刀身は血のごとく、幻想領域の赤い空よりもなお紅い。

それは、神々の血で口元を染めた狼犬の牙。

それは、世界の最後の日に世界を燃やし尽くす浄化の火。

中央に閃く紫紺の宝玉が、強烈な照魔の光を発した。

「ば……かな……！　なぜ人間が、古代神の聖装を召喚できるのよぉ!?」

「人間の小娘がこの領域であなたを圧倒できる三つ目の理由は――」

アリスが右手の短剣をひと振りすると、空中の巨大な偃月刀は、一直線にマタハリの頭上に打ち下ろされた。

魔導書の中に隠れ潜んでいた伝説のサキュバスは、その断末魔の叫びもろとも巨大な真紅の刃に両断される。

「単純に、あたしが強いからよ」

《白》の魔術師は、その手に開いていた魔導書を閉じて、地面に投げ捨てた。

サルディスキアの魔導書――マタハリがそう呼んでいた、小口を綴じて封印されていた魔導書は、ひとりでに燃えあがり、灰燼《かいじん》となって幻想領域に吹き荒ぶ風にまかれる。

サキュバスを滅した巨大な偃月刀も、天空に浮かび上がった魔法陣も、エーテルの粒子となって大気に溶けて消えた。

「どう？　あたしの強さ、わかってもらえたかしら？」

アリスは茫然《ぼうぜん》と立ち尽くすしかない俺の前にやってくると、特に気取った様子もなく、しゃあしゃあとそんな台詞を口にする。

「……ちょっと、やり過ぎたんじゃないか？」

俺は、気後《きおく》れしているのを隠すように軽口で返した。

「たしかに、歴史に名を残す大サキュバスだからって、用心しすぎたわね。貴重なサルディスキアの写本を使ったのは失敗だったかも……あれ、一冊写すのにとても時間かかるのよ」

「自分で写したのかよ……！」

「写字生の手伝いをすると見せかけて、こっそりとね。持ち出しはもちろん閲覧も不可の超危険図書だから、今見たものも秘密よ」

「おまえと一緒にいると、秘密だけで窒息しちまいそうだな……」

「他人事みたいな口ぶりだけど、危険なのはあたしじゃなくて君自身だからね？」

でしょうね……。

世界を敵にまわしかねない不安に、俺は天を仰いだ。

すると、夕暮れ時のように赤みがかっていた空は暗くなり、荒野も再びゆれだした。

「マタハリが消えて、幻想領域を維持できなくなったみたいね」

「ど、どうすればいいんだ？」

「心配しなくても、あたしといれば、もとの場所に出られるから平気よ」

《白》の魔術師が差しだしてくる手を、俺は握りかえした。

空間にモザイク画みたいな亀裂が走り、幻想領域は崩れ去っていく。

暗闇の中、引っ張りこまれた時と同じ平衡感覚の喪失を感じながら、気がつくと俺たちは、もとの本と美術品が雑然と置かれた《ダンテ》の地下通路にしゃがんでいた。

「無事に戻ってこられたわね」

照明魔法が灯り、隣から聞こえてくるアリスの声。

目をやれば、金髪碧眼の少女が変わらずにそこにいて、俺はホッとした。

周囲を見まわして、特になにかが変わった様子もない。

ただ一点、両手に広げていたマタハリの黒い魔導書が、砂のように崩れて、指のあいだからこぼれ落ちていく以外は。

「……まだ、ちょっと実感が湧かないな。本の中に入りこんでたなんて」

「事実よ。でも、時折不安にはなるわよね……今あたしたちがいるこの場所も魔導書に綴じられた幻想領域で、なにかをきっかけに、世界がこんな風に崩れてしまうんじゃないかって」

「んな、滅茶苦茶な……」

「あたしはこの星の外側を何年も眺めているけれど、空のむこうに広がるのは、真っ暗な闇よ。さっきあたしたちが、マタハリの世界の崩壊間際に見たのとそっくりのね」

遠い目をする魔術師に、俺は尋ねる。

「もし……もしも本当に、この世界が魔導書の中の出来事だとしたら、どうする？」

一拍の間を置いて、彼女は小さな声で告げた。

「とても清々しい気持ちで、歌を口ずさみながら、世界を破壊してやるわ」

「え？」

アリスは、俺の手の中に残っていた鎖をつかむ。

マタハリの魔本を持ち出せないように本棚に繋いでいた銀色の鎖だ。

「持ち出し厳禁の鎖つきの図書……あたしと一緒ね」

時間が凍りつく。

《白》の魔術師の横顔は、刃物のような冷たさを湛えていた。

「あ、アリス……？」

「冗談よ……この世界が作り物だっていうなら、蹴りを入れてやるわ。世界をつくったやつと、世界を観測しているやつ両方に、あたしという人間がいることを刻みこんでやるの」

「楽しそうでしょ？」と彼女が毒のない朗らかな表情に戻って、片目をつぶって見せる。

俺は曖昧《あいまい》にうなずくしかなかった。

「それはそれとして……お腹が空いたわね」

くぅう、と切なげな音が《ダンテ》の禁書庫にむなしく響く。

「燃費が悪いな……」

ピーチャを一袋たいらげてから、まださして経ってないはずだ。

「そういったでしょ。それに、でかい魔法を使うと余計にね。なんかない？」

「さすがにあれ以上は……サボテンのジャムはどうしたんだよ？」

「邪魔だろうから、部屋に置いてきてしまったわよ」

ずぅん……！

その時、前触れなく、地鳴りのような音が響いた。

「なんだ？」

「地震……？」

カタカタカタカタと、棚に飾られていた髑髏の彫金細工が音を立てている。

棚に中途半端に収まっていた大量の本も、次々に落下していく。

「……もしかして、まずいかも……」

アリスはミスリルの白い床に手を這わせながら、青ざめる。

「ど、どうしたんだ？　なにが起こって――」

床が跳ね上がるような震動に、言葉は途切れた。

俺は反射的にアリスに覆いかぶさって、棚の上から落ちてくる本から彼女を庇う。

「グレイ!?」

「こんくらい平気だ。それより、なにが起こってるんだ？」

「さっきの――」

ゆれはさらにひどくなって、それ以上の会話は不可能だった。

この長い通路そのものが蛇のようにうねっているのではないか？

そんな想像をするほどに地震は激しく、壁に沿って並べられていた本棚が倒れるのが確認できる。恐怖で目を開けていることも困難になった。

最後に見たのは、間近にあるアリスの横顔だった。

§§§

目覚めたら、砂塵で薄く煙った青白い月明かりの下にいた。

俺とアリスは大量の本とともに柔らかな地面に並んで横たわっている。

ところどころ擦り傷ができて身体は痛むが、骨折などはなさそうだった。

今度は一体なにが起こったのか？

上体を起こして周囲を見渡し、その惨状に言葉を失う。

俺たちが今いるのは図書館塔《ダンテ》の正面にある、マーリス魔法学院の中庭だった。

昼休みに学生たちが連れ立って昼食を食べていたり、運動していたりする場所だ。

芝生を植えられた地面は裂けて、そこから巨大な白いアーチ状の構造物が飛びだしている。

それが、ちょっと前まで俺たちがいた《ダンテ》の禁書庫であることは、間違いなかった。

こんな光景を、物語の挿絵で見たことがある。大海を取り巻く世界蛇が、のたうち腹の一部を海上に突きだしている様子に似ている。

地上に飛びだした地下通路は、内側から強い圧力を受けたようにぼこぼこに膨張していて、大きく裂けている部分もあった。

おそらく俺たちは、あの裂け目から飛びだして、中庭の芝生に受けとめられたのだろう。

地上の異変はこれだけではなかった。

成人男性ほどの大きさの白い柱状のものが、地面の下から無数に伸びている。

これらは、禁書庫の通路を構成していたミスリルだろう。

「う……くぅっ」

隣で意識を失っていたアリスが身体を起こした。

碧玉の瞳で俺を見て、周りの状況を確認し、頭を抱《かか》える。

「あちゃあ……やばい」

「やばいって……どうしてこんなことになってるんだ？」

「ミスリルが反応したのよ。原因はたぶん……いえ、まず間違いなくサルディスキアの魔導書の余波でしょうね」

「幻想領域は隔離された世界なんだろ？　魔法の余波が外にまで出るなんて……」

「マタハリは外から獲物を引きこめるように、こっちの世界との繋がりを残しておいたのよ。

魔力の伝導性が抜群に高いミスリルは、あの一撃の余波を受けて代謝機能が活性化し、原因であるあたしたちを外に吐きだした……ざっくりと説明するなら、こんなところね」

「ゴミ扱いされたってことか」

「的を射てるわね……とにかく、ここにいたらまずいわ。早く逃げないと——」

アリスは立ち上がり、手を差しだす。

「どこへ逃げルというのダ、アリスティア」

訛りの強い、しわがれた声がした。

《白》の魔術師は思いっきり顔をしかめて、声のしたほうへ視線をやる。

そこに立っていたのは、人間ではなかった。

どっしりとした体躯とそこから伸びた長い首。

頭には二本の角が左右に伸びて、豊かな白いたてがみが月光を受けて輝く。

「竜人《ドラゴニュート》⁉」

二本足で歩く竜族の存在を知っていたが、この目で見たのは初めてだった。

「月が出ていル時間の外出は、規約違反ダぞ？」

杖をつき、背中に折りたたんだ翼と太い尻尾をゆらしながら、白銀の竜人は近づいてくる。

「ロウラン……！」

アリスが漏らした名前に、俺は再び驚愕した。

「ロウランって、え？　あれが、学院長？」

「如何《いか》にも。お主の顔には見覚えがあルナ……ああそうだ、グレイ＝フレイル……八歳で母親からセラフィムを寝取った、《寝取り王》ヴィル＝ロークの孫」

「寝取ったっていうな！」

反射的に叫ぶと、ロウランは大きく裂けた口の端を持ちあげて笑った。

「大事はナいようで結構……しかしお主は、見てはナらヌものを見てしまった」

「月の出ている時間に外出したことは謝るわ。反省文も提出するし、なんだったら懲罰房に入ってもいい。だからこの場は見逃して」

アリスは俺を庇うように立って、竜人の学院長に訴える。

「この件、すべてあたしがやったことよ。グレイに責任はないわ」

「儂は教皇よりこの学院を任された身。これダけの混乱を起こした学生を処分しナいわけにはいくまい」

大量の禁書が散らばり、無数のミスリル柱が地面から生えでた中庭の惨状を杖で示しながら、ロウランは黄金の眼光で俺を射貫いた。

「称号も持たヌ身分で禁書庫に踏み入ったのダ……相応の覚悟はしていたはずであろう」

「あたしが連れこんだんだっていってるでしょう⁉　どうしてもというなら、こっちも本気で抵抗するわよ」

アリスは腰の錠前の封印を解いて、赤い魔導書をかまえた。

マタハリに使った白い魔導書と違って、ページは繋がってはいない。

「それは『ニ・フリスの衣』か……ナんというものを持ちダしたのダ」

「安心して、これは写本よ。正本はちゃんとあった場所にしまってあるわ」

「みだりに魔導書の複製を行うナと、何度いえばわかル」

竜人は頭を抱えて嘆息する。

「致し方ナい……少し、痛い目に遭ってもらうぞ」

ロウランは白銀の翼をゆっくりと広げ、杖を頭上にかざした。

翼膜に描かれた魔術文字が闇夜に浮かび上がるのを見て、魔導書と短剣をかまえたアリスが短い悲鳴を発する。

「なによ、そっちこそ禁呪を身体に書きこんでバリバリの臨戦態勢じゃない！」

「かつて竜族の支配者グレータードラゴンの座を賭けて争った一族の末裔として、柔らかき皮膚の魔術師に後れをとルわけにはいかヌゆえ、準備はしておル」

ロウランの翼が雷光を帯び、それが竜人の身体を伝って、握りしめた杖の先に集中する。

「ドュナイ・デュナミス——雷よ、我が怒りに応えて、迸《ほとばし》れ！」

雷轟とともに、稲妻が大気を灼いて迫った。

「ドュナイ・デュナミス——書よ、我が血に応えて、守れ！」

アリスは左手の甲を短剣で傷つけ、その血で濡れた刃を赤い魔導書に突き立てる。

明滅する閃光。魔力を帯びて解き放たれた魔導書のページがアリスの周囲を舞い踊り、俺たちの前に障壁を築いた。

直後、魔力と魔力がぶつかり合い、小爆発が連鎖する。

これが魔術師同士の戦いなのか？

目と耳の感覚を光と爆音に塗りつぶされて、死の手触りを感じとった。

身体が恐怖に竦んでいるうちに爆風に煽られて、俺は芝生の地面に何度も叩きつけられる。

「ごほっ……」

天地の区別もなく、空気の塊を吐いた。視界の端に同様に地面に広がるアリスの金髪を捉えて、駆けよろうとするも、手足が痺れて動けない。

「よくもあの状況から、ここまで被害をおさえたものダ」

ロウランの称賛する声が耳に届く。

「万全の状態で術式が完成していれば、儂の雷撃を完全に相殺していたであろうナ」

「子ども相手に大人が、不意討ちみたいな真似をして恥ずかしくないわけ？」

地面に倒れていたアリスが、上体を起こす。

「《白》の魔術師であルお主を、侮《あなど》ったりはせヌよ。竜族に伝わル言葉だ……竜は雛鳥を狩ルにも山を動かす」

「野蛮な一族ね……そんなだから数を減らしたのよ」

「お主こそ、グレイ＝フレイルまで守ろうとしナければ、防ぎきルことができたはずダ。この儂を侮りすぎではナいか？」

　アリスがロウランに競り負けたのは、俺を庇ったからなのか。

　俺……それはいくらなんでも、情けなさすぎないか……？

「降参よ」

　アリスは短剣とまだページの残っている魔導書を地面に投げ捨てて、両手を上げてみせた。

「あたしの負けだわ。あなたに従う。だから、グレイは見逃して」

「ナらヌ。グレイ＝フレイルは戒律に則り、消えてもらう」

　ロウランは首を左右にふって、魔術文字の輝く竜翼を広げたまま、俺に杖の先をむけた。

　冷や汗が、全身から噴きだす。

《白》の魔術師であるアリスが敗れたのだ。俺に抗う術などない。

「このようナ形で教え子を失うのはまことに残念であルが……時間をかけていては、一帯に張った迷彩魔術に気づくものが出てこナいとも限らヌ。終わりにすルぞ」

　放たれる雷閃。

「グレイッ！」

　アリスの悲鳴が聞こえ、数多の後悔の念が胸に押しよせる。

短い、人生だったな……少しくらいは、彼女にいいところを見せたかった。

つまるところ俺は友だちが欲しかったのであり、聖フィリア教の暗部を暴くようなことをしたかったわけではない。

禁書庫に踏み入る前に、アリスに「友だちになろう」といっていれば、こんなことにはならなかったんじゃないだろうか？

白く染まる視界。

そこへ、ひとつの影が飛びこんできた。

「ナにっ⁉」

その影は大きな円形の盾を両手に持って、迸る雷撃を受けとめた。

ゆれる長い銀色の髪と、フリルのついたメイド服。

見覚えのある後ろ姿に、俺は口を開けたまま、しばし言葉を失った。

「遅くなって申し訳ございません、ご主人さま。お怪我はありませんか？」

エイラは、盾をかまえたまま、肩越しにふり返って俺を見つめる。

「グレイ＝フレイルの、セラフィムか」

ロウランはエイラを見て黄金の眼を見開く。

「どこのオオトカゲが迷いこんだのか存じませんが、ここは竜族と人類が手を取りあう神聖なる学び舎にして、ご主人さまとエイラが奇跡を成す性地——いいえ、聖地でございます。とっととその品性のない刺青をした翼をバタつかせてどこへなりと飛んでいきやがってください」

「儂はこの学院の長を務めル者ダ」

「あら？」

ロウランの言葉に、エイラは困ったように首を傾げて、もう一度こっちに目をやった。

「本当だ」

「なるほど……ではそちらの金髪の可憐なお嬢さまが、昨夜グレイ様が下着をお持ち帰りになった、夜の逢瀬《おうせ》のお相手でございますか」

「夜の図書館塔でそんナことをしておったのか！　破廉恥《はれんち》ナ！」

「してないわよ。てか、ロウランの許可を得なければならないものとも思ってないけどね！」

「幼い頃から面倒を見てきた儂にその言い草……！」

「この期に及んで保護者面とかやめてちょうだい」

アリスが冷淡に言い放つと、竜人の学院長は少なからずショックを受けたようだった。

「なんだか、緊張感が吹っ飛びましたね」

「おまえのせいだけどな……けど、きてくれて助かった」

素直に感謝を述べると、エイラは得意げな笑みを浮かべて、胸を張る。

「メイドが主人を守るのは当然のことです！　状況はよくわかりませんが、学院長をとにかくぶっ飛ばせばいいんですよね!?」

「学院長は《白》の魔術師だぞ。そんな簡単に――」

「ご主人さまはまだ、エイラの戦うところをご覧になったことはありませんよね？」

銀髪のセラフィムは、その手にかまえていた盾の内側に、柄に鎖のついた鎌を隠していた。

「そんな武器、どこから……」

「つくりました。幸い、最高の素材が、ここにはそろっておりましたので」

地面から伸びる無数のミスリルの柱。

エイラがそれに触れると、柱の一部が欠けて、彼女の手の中に投剣となって収まった。

「金属の分解と再構成を能力とすル、《鋼》のセラフィムか……この状況はいささか苦しいのぅ」

ロウランは長い髭をなでながらうなる。

「形勢逆転よ。あたしと《鋼》のセラフィムを同時に相手にできるほど若くないでしょ」

アリスは、捨てたはずの短剣と魔導書をいつのまにか拾っていて、ロウランの背後をとる。

「ううム……いたしかたナいナ。マーリス魔法学院の学院長として、セラフィムを傷つけルことはできまい……」

竜人の学院長は、持っていた杖を地面に突き立て、俺のほうを睨《にら》んだ。

「負けを認めよう。グレイ＝フレイルくん、希望をいってみたまえ。君は武力によって儂を脅し、ナにを求めルのダ？」

「脅すって……」

「戦いとはお互いの主張のぶつかり合いダ。見てはナラヌものを見た君を儂は殺さねばならず、死にたくナいから君は抗った……さぁ、どうすル？」

ロウランの瞳には、試すような光が宿っている。

返答の如何《いかん》によって、戦いは再開されるということだろう。

杖を捨てずに地面に突き刺したのも、すぐに取れるようにだ。

腹を決めて、震える声を絞りだす。

「《ダンテ》の地下で見たものは決して口外しないと誓う。だから、今この場は見逃して欲しい」

「ほう、それダけでいいのかね？」

ロウランは大きな口を意外そうに開いた。

俺は、首を縦にふる。

「殊勝ダナ……わかった、それでは君の希望を受け入れ、ここは退くとしよう」

「待って！　駄目よ、ちゃんと《誓約《ゲッシュ》》を交わさないと――」

「アリスよ。フレイルくんの賢明ナ判断を、台無しにしてはいけナい。落とし所としては、このあたりが最適ダろう」

「竜っていうよりはタヌキよね、あなた」

月の色が変わった。

「げっしゅ、ってなんだ——？」

苦々しい顔のアリスに質問すると、それをさえぎるように、ボロボロになった中庭を照らす月の色が変わった。

青から赤へ、新しく小さな《紅月《あかつき》》が強く輝く時間になったのだ。

「ちょうど時間のようダ……お開きとしようか」

ロウランの言葉に、昨日のアリスとの別れ際を思い出す。

あの時も、地上を照らす二つの月光の位相が、《紅月》に傾いていた。

「《紅月》は……アリスと何か、関係があるのか？」

俺の問いかけに、彼女は答えない。

月に背をむけて、ただ立ち尽くす。

「グレイ＝フレイルくん、時にひとつ頼みたいことがあルのダが」

「え？　こんな時に、なにを……」

「そうかまえずとも良い、君ならきっと、いい返事をしてくれルと思う」

竜人の学院長は、器用に片目をつぶってみせながら、告げた。

「どうか、アリスの友人にナってやって欲しい」

4　編入生アリス

今朝の教室は、いつもよりも騒がしかった。

話題はもちろん、昨夜の地震だ。

学院長ロウランの隠蔽工作はよくよく行き届いていて、幻獣舎で飼育されているストーンエレファントが脱走し、《ダンテ》の正面にある中庭の芝生を踏み荒らし、玄関も破壊したという噂がすでに教室中に浸透していた。

今日一日《ダンテ》は結界に覆われて閉鎖されるが、明日には利用できるようになるという。

ハルカは物言いたそうな視線でこちらを一瞥《いちべつ》したが、話しかけてくることはなかった。

《寝取り王》の孫である俺は、今朝も教室で孤立している。

待ち受ける面倒事を思うと、疎ましかったこの静寂が、恋しくなる日もくるかもな……。

一限目の魔法材料学で、嵐はやってきた。

あの夜ハルカと逢《あ》い引《び》きをしていた《白亜》の魔術師ギール＝シモンズが担当教諭を務める授業だ。

始業の鐘と同時に、彼に連れられて入ってきた金髪の女子生徒に、教室は騒然とした。

「こんな時期に、編入生か？」

「すごい美人……お人形さんみたい」

「おまけに、おっぱいがでけー……！」

「静かにしたまえ。私は君たちにしゃべることを許可していない。今は私の授業の時間だぞ」

シモンズがよく響く声で告げると、教室は静かになった。

自身の美学を徹底するシモンズは、迂闊に怒らせてはいけない教員の第一位だ。

しかし授業中は王として君臨するこの男の横顔に、たいていの女子生徒は心奪われてしまう。

「黒板に名前を書いて、自己紹介をしたまえ」

「自己紹介をするのに、あたしはしゃべってもいいのかしら？」

《白亜》の魔術師の指示に、金髪碧眼の女子生徒が切り返す。教室の一番後ろの席に座っている俺でも、シモンズのこめかみに青筋が浮かぶのがはっきりと見えた。

「私は自己紹介をしろといったのだ。私の貴重な講義の時間を君に割いているのだということを理解しているのか」

「《白亜》のあなたに、あたしに教えられることがあるの？」

「君を特別扱いはするなといわれている。放課後、私の研究室にきたまえ」

「怖いわ。一体なにをされるのかしら」

狙い澄ましたかのように、教壇に立つ少女は一番前の席のハルカを見る。

「今日は自習とする！　諸君らはこちらの優秀な編入生に授業をしてもらうといい。次の時間はテストだ。五十点以下を取った者は容赦なく落第とするから、おぼえておくように！」

ギール＝シモンズは教卓に出席簿を叩きつけて怒鳴り散らすと、教室から出ていった。

呆気にとられるクラスメイトの視線は、当然、教壇の女子生徒に集まる。

「ドュナイ・デュナミス——チョークよ、我が意に従え」

彼女が呪文を唱えると、チョークがひとりでに浮きあがって、黒板に名前を書いた。

アリスティア

「というわけで、はじめましてアリスティアよ。姓はゆえあって伏せさせてもらうわ。この名前をどこかで見たことのある勉強熱心な人もいるかもしれないけれど、それとは別人だからよろしく。邪悪な竜の奸計《かんけい》に引っかかって今日からこの教室でみんなと一緒に勉強をすることになってしまったけど、どうか話しかけないで、そっとしておいて。自分の生命と故郷の家族が大事なら、変な勘繰《かんぐ》りはしないこと。ぜひ関わらないようにしてちょうだいね」

ひと息に言い切ると、アリスは沈黙に支配された教室を悠々と横切って、最初から決まっていたように、俺の隣の席に座る。

教室中の視線は、アリスティアと名乗った編入生——アリスに注がれたまま。

「チョーク、浮いてたよな……魔術で名前を書いたのか？」

「アリスティアって……十二歳で《白》の称号を得た魔術師と、同じ名前よね」

「天文魔術の《光速アリス》！　あんなに美人だったのか!?」

「おまけにおっぱいがでけー！」

「なんで《寝取り王》の隣に座ってるんだよ！　もしかしてすでにあいつの毒牙に!?」

教室内は、遠巻きにアリスを観察しながら、じょじょにその喧騒《けんそう》を取りもどしていく。

俺は、仮面をかぶったように無表情を貫くアリスに、彼女にだけ聞こえる声でいった。

「《光速アリス》ってのは、初めて聞いたな」

「黙りなさい《寝取り王》」

《白》の魔術師は瞑目して、深いため息をつく。

「……悪かったな。俺の戒律違反は不問になったのに、アリスだけ、罰則を食らうなんて」

昨夜、ロウランはたしかに俺の戒律違反を不問にするといった。

しかし、《白》の魔術師でありながら俺を《ダンテ》の禁書庫に導いたアリスにも責任があり、彼女はその咎《とが》で今この場所にいるのだ。

なんでも『授業免除特権の剥奪』ということらしい。

「あたしがここにいるのはあたしの意志よ。グレイが責任を感じることはないわ」

アリスの言葉に、首を傾げる。

クラスメイトの視線をこんなにうざがっているのに、授業に出てみたかったという意味か？

「ことの重大さを理解していない顔ね……君は昨日、あの竜人《ドラゴニュート》学院長に本気で殺されそうになってるのよ？　それだけのことをしてるの」

彼女のいわんとしていることに、すぐに理解が追いつかない。

たしかに俺は昨日、ロウランに殺されかけた。けど、形勢が不利だからって交渉に応じてくれて、今この場は見逃して欲しいっていう俺の要求を無条件で受け入れてくれた……あれ？

今この場……？

「気づいたみたいね。ちなみにあの時あたしがいった《誓約《ゲッシュ》》っていうのは、相手に約束を守らせるための拘束魔術よ。書面の内容次第では、グレイのことを永劫傷つけられなくできるはずだったのに……」

「なんでそんな便利なものを交わさなかったんだよ」

「《誓約》を結ぶ条件を入れていたら、交渉は決裂していたわ」

アリスは小さくうなって、腕を組んだ。

「ロウランもわかってたのよ。あそこであいつの口を封じても、あたしたちの状況は余計に面倒になるから、引き下がるしかないってね」

「そんな……あのドラゴンタヌキ……」

昨夜の件は、俺なりに上手く乗り切ったと思っていたのに……全部、相手の手の平の上だったってことなのか。

「とにかく、ロウランは君を監視しているわ。《ダンテ》のことを誰かに漏らしたりしないか……って。そして消せる機会を狙ってる。事故死がいいわね。なんだかんだで君は《寝取り王》の孫として、聖フィリア教会の大勢におぼえがいいから」

ロウランは別に聖フィリア教に信仰心を抱いているわけではないと、アリスは補足する。

あの白銀の竜人は、竜族と人類との融和の証として建てられたマーリス魔法学院で、竜族の代表として学院長を務めているだけだと。

「でも昨日『セラフィムは傷つけられない』って……」

「見せかけの態度に決まってるでしょ。あの場で退いたのは、あたしとエイラを同時に相手にして勝てる自信がなかった……その一点だけよ」

背すじに寒気をおぼえた。

昨夜のあの雷撃は、いまだに俺を狙っている……？

「禁書庫の存在を知っているのは、学院ではロウランくらい。残りは教皇と、このロザディアを牛耳る評議会議員のごく一部ってところでしょうね。彼らはもう君の顔を知っているし、行動も監視している。実家に手紙を書けばその内容は検閲されるし、間違ってもロザディアの外に踏みだすことは許されない」

「そこまで、やばい状況なのか……？　もしかして、俺が今生きてるのって……」

「あたしが側で守ってるからよ。君のその出自は聖フィリア教会にとって魅力的だけど、連中は不確かな〝奇跡〟より、確実な『消去』を考えるわ」

俺は口をつぐんで、拳を握りしめた。

アリスは「悪かったわ」と謝罪を口にした。

「あたしも、自分の力を過信しすぎて、グレイを引っ張りまわしすぎた。禁書庫がどんな場所なのかわかっていたのに、君を連れていくべきではなかったわ」

「でも、呪いを解く方法を探してくれって、頼んだのはこっちだ」

「だとしても、もう少し慎重になってたら、ここまで大事にならずにすんだのに」

「それ以上は、やめてくれ……俺が惨めすぎる」

俺はシモンズに殴られた時から、ずっとアリスに守られ続けている。

《白》である彼女に対して、惨めだと感じることすら、おこがましいのかもしれないけれど。

「俺、ちょっとだけ期待したんだ……学院長が口にした頼みに」

――どうか、アリスの友人にナってやって欲しい。

「あの頼み事の意味は、あたしにもよくわからないわ」

《白》の魔術師は眉間に皺《しわ》を集めて、小さくうなった。

「アリスとロウランって、どんな仲なんだ？」

「師匠と弟子ってところかしらね。あたしは、ロウランに魔術を教わったわ」

そうなのか……。

「なんとなくだけどさ、ロウランは、アリスのことを本気で想ってるんじゃないか？」

「それがあたしのためになるとは限らないわ。なんであれ、あたしはグレイの友だちにはならない。答えは昨日と変わらないわ」

金髪碧眼の魔術師は、抑揚《よくよう》のない声で告げる。

彼女の言葉どおり、返事は昨夜すでに聞いていた。


——友人って、そういう風になるものじゃないでしょ。それに、グレイをこんな危険な目に遭わせたあたしに、そんな資格はないわ。


「友だちになる資格って、なんだ？」

「知らないの？」

俺は首を縦にふると、アリスは明後日の方向へぼやくようにいった。

「あたしも知らないわ」

「なんだよそれ……そっちからいいだしたんじゃねぇか」

しかし、なんとなく伝わった。

この非論理的な物言いは「もう、つっこまないでくれ」といっているのだ。

結局俺は、アリスの事をほとんどなにも知らないままなのだ。

§§§

二時限目以降は、アリスが担当教諭をあおるような珍事は起こらず、授業は普通に行われた。

休み時間の度にクラスメイトたちは遠巻きにアリスを眺め、声をかけようとしては横を通り過ぎるのを繰り返す。

彼女も相手する気はないようで、努めてクラスメイトと視線を交わさないようにしていた。

そして、昼休み。

「お腹が空いたわ……」

《白》の魔術師は背中を丸めて机の上に巨乳を乗せながら、切実な声で空腹を訴える。

誰かがしきりに騒いでたけど……本当にでけぇ胸してるよな……。

「お昼ご飯……お昼ご飯はどこにあるの？」

「もうしばらくしたらエイラが持ってきてくれるから、ちょっと待ってろ」

「あたしがいうのもなんだけど、グレイも大概変人よね。昼休みにメイドがお弁当を持ってきてくれる生徒なんて、この教室では君だけじゃない」

「最初はエイラも学生として一緒に授業を受けてたんだけどな……あいつはまともに授業を聞かないで俺にちょっかいかけてくるし、それを見た教員たちもとめるどころか〝奇跡〟が起きるって騒いで授業どころじゃなくなるから、身のまわりの家事をやらせてるんだ」

本当は昼飯をつくってこさせるのもやめさせたいけど、邪険にするとエイラはふて腐れて夜に暴走する。あいつが本気を出すと俺の腕力ではどうにもならないので、適度に発散させるのが大事なのだ。

それに俺だって、小さい頃から面倒をみてくれたエイラを疎ましく思ってるわけではない。むしろ、気を抜いたら彼女に依存してしまいかねない弱い心根を自覚しているほどだ。

「グレイ、一応警告はしておくけれど、昨日までと今日からは天地がひっくり返ったほど状況が違うわ。どこから刺客がくるかわからない以上、あたしだけで対処できないこともある。あのセラフィムも、極力側に置くようにしなさいね」

「あ、ああ……」

そんなことをいったらあのメイド、トイレまでついてくるだろうけどな……。

「刺客ってなに？　フレイルくん、誰かに命を狙われてるの？」

突如、割りこんでくる声。

艶《つや》やかな長い黒髪をした、清楚な少女。

クラスメイトにして、評議会議員の孫娘であるハルカ＝セルバリスだった。

「ハルカ……セルバリスさん……？」

「いいいいい」

「はじめましてね、名字のわからないアリスティアさん。お昼ご飯一緒に食べましょう？」

密かに俺たちを注視していたクラスメイトたちが、ざわめいた。

「おお……評議会議員の孫娘が、打ってでた」

「ハルカさま……おいたわしや！」

周囲の反応も謎だが、ここで声をかけてくるハルカの意図もわからない。

俺はアリスに目配せをして、小声で尋ねる。

「評議会議員の一部は禁書庫の存在を知っていて、俺の命を狙ってくる可能性があるんだよな？　あり得ないとは思うが、もしかして、ハルカが……」

「セルバリスは評議会の五本指に入る氏族だし、知ってる可能性は高いわね。けど、孫娘に同級生の殺しを任せることはしないでしょう」

「それもそうか……」

「むしろ仲良くしておいたほうが、後々のことを考えれば得かもしれないわね」

アリスは立ち上がり、ハルカに対してぎこちない笑みを浮かべた。

「い、今からグレイと一緒にお昼ご飯を食べにいくところ……ですわよ。よろしかったら、セルバリスさんも……ご、ご一緒します？」

平然と教師をあおるくせして、社交的な振る舞いは苦手なんだな……。

額に汗を浮かべたアリスの横顔を見つめ、意外な弱点に感動していると、足を踏まれた。

「――いって！」

「面白がってないで。こういう時に助け船を出せるのが男の甲斐性じゃないの？」

「いや、別に面白がってないし……」

「あたしだって学院生活なんて初めてなの。今日までに磨いてきた処世術は言葉の暴力か魔術による本物の暴力よ。あたしにおべんちゃらや猫っかぶりは期待しないで」

「んなこと自信満々に断言するなよ！」

どんな殺伐とした環境で生きてきたらそんな風になるんだ⁉

「だいたい、俺には最初から普通に接してきてたろうが」

「君には気を遣う必要なんてなかったでしょ……ああもう『後々のことを考えれば得するかもしれないから、仲良くしておこう』はやめるわ！」

迅速な変わり身で、アリスは普段の居丈高な姿勢でハルカと対峙した。

「ごきげんようハルカさん。今日は男に媚びを売るためのキモノは着てないのね」

「ぐぅっ！」

教室社会で確固たる地位を築きあげた《黒耀の美姫《ヌイ・エステル》》の笑顔に一撃で亀裂を走らせる毒舌。

おべんちゃらや猫っかぶりが苦手っていうより、皮肉をいいたかっただけなんじゃないか？

「キモノ？　媚び？　なにをいっているんだか、さっぱりわからないわね。そんなことよりも、フレイルくんのことをグレイなんて呼び捨てにして、仲良くなるのがお早いこと」

ハルカも負けじと挑発的な言葉をくりだす。

なんなんだ、この状況……？

「グレイにはいろいろ教えてもらってるからね」

「あらぁ、フレイルくんがあなたに教えられることなんてあるのかしら？　不思議だわぁ」

「時にこの前図書館塔で女性用の下着を拾ったんだけど、あれは持ち主に届いたのかしら？　どこの誰か知らないけど神聖なる学び舎でふしだらな行為に及ぶなんて神経を疑うわね」

アリスとハルカは、正面からにらみあって火花を散らす。

二人の周囲のエーテルが異様な歪み方をして、その背後に燃えあがる炎を幻視したのは、おそらく俺だけではあるまい。

「うわあ、ご主人さまを挟んでお二人の女性が争ってます！　修羅場ですっ」

そんな剣呑《けんのん》な空気に飛びこんできたのは、籠を腕にさげた銀髪のセラフィム、エイラだった。

「エイラがちょっと目を離した隙にこんなハーレムを築いているなんて……やっぱり血は争えませんねぇ、このこのぉ」

肘で俺の脇腹をつついてくるメイドの頭を、はたいて黙らせる。

「周りの視線が痛いから、もういこうぜ……」

「そうね。わたしも変な勘違いをされるのは不本意だわ」

ハルカはアリスと対峙するのをやめて、俺とエイラの後ろについてくる。

「勘違いされるのがいやなら、ついてこなければいいいんじゃないの？」

「さっき『昼食を一緒します？』って、たどたどしくいってくれたと思ったけど？」

「……アリスティアって響きは好きじゃないから、アリスでいいわよ」

「ご主人さまの周り、急ににぎやかになりましたね〜」

「おまえら、ちょっと静かにしてろ……」

アリス、ハルカ、エイラと、三人の美少女を連れて教室を出た。

「いやぁぁぁあっ！」

廊下で出くわした女子生徒が、俺たちを見るや真っ青になって逃げていく。

「おおおお、偉大なるカインよ！　とうとう《寝取り王》は覚醒なされた」

「《寝取り王》がハーレムを築かれた！　ついに〝奇跡〟が顕現するのじゃ！」

「彼女たちを、どのような手練手管で寝取ったのかのぅ……」

すれ違う俺の祖父ほどの年齢にもなる教授たちが、涙を流しながら拝んでくる。

どうして、こんなことになってしまったのだろう……？


人目を避けるべく、屋上にやってきた。

そこには、幼い少女の先客がいた。

アリスと似た金色の髪に風を孕《はら》ませ、真紅の瞳で抜けるような青空を見上げている。

年齢はまだ十歳に届いていないぐらいだろうか。

あどけない横顔は俺の言葉を奪い、思考を一瞬麻痺させた。

「かわいい……あの格好は、聖歌隊の子どもよね。なんでここにいるのかしら」

「なんかの行事でこっちにきて、迷ったんじゃないか？」

マーリス魔法学院に初等部はないが、近くに聖歌隊の養成所があり、ちょっとした交流会はそれなりの頻度で行われている。

俺たちが声をかけようと近づいていくと、少女もこちらに気づいた。

「ママッ！」

金髪の少女はとことこと駆けよってきて、アリスに抱きつく。

「ママ……？」

俺は、ふかふかの胸に頭を埋めて心地よさそうな少女とアリスを見比べた。

瞳の色は異なるが、髪の色は似ているし、どことなく面影がある。

「そんなわけないでしょ。あたしはまだあなたたちと同じ十六よ」

アリスは抱きついてきた少女を引き剥がして、その真紅の瞳をのぞきこむ。

「珍しい瞳の色ね……あなた、名前は？」

「ルチル」

「ルチルちゃんっていうのね。あなたひとり？」

「んとねー……ルチル、はやくおふねがこないかなって、まってたんだよ？」

「おふね……？」

ルチルと名乗った少女がなにをいっているのかわからず、俺たちは顔を見合わせた。

気を取り直すように、再びハルカが質問を投げかける。

「えっと……ルチルちゃんは、どこからきたの？」

「あっち」と、あどけない少女は頭上を指さした。

それを目で追っても、ただ青空が広がるばかりである。

「そっか、遠いところからきたのね」

ハルカは早々にルチルの言葉を解読するのはあきらめて、金髪の頭をなでる。

彼女は心地よさそうに目を細めた。

「なんだかよくわかんないけど、人懐《ひとなつ》っこい子どもだなぁ……」

俺がしゃがみこんで少女と目線の高さを合わせると、いきなり平手打ちが飛んできた。

「おんなのてき、あっちいけ！」

その場にいた三人の女性陣が、一斉に噴きだした。

おまえら……。

「なかなか見込みのある子どもですねぇ……サンドイッチ食べますか？」

エイラが手にさげていた籠を見せると、中にはサンドイッチがぎっしりとつまっている。

パンの芳ばしい香りが漂ってきて、アリスのお腹がくぅうと鳴った。

「おなかはすいてない」

「でしたら今日ウェンレルから届いた新鮮な羊乳をどうぞ」

「ミルク、きらい」

「好き嫌いをしてると、大きくなれないわよ」

顔をしかめるルチルの頭を、アリスが諭《さと》すようになでた。

幼い少女は瞬きをひとつ、手を差しだして、エイラから瓶詰めのミルクを受け取る。

「ママがそういうなら、のむ」

「無理はしないほうが……」

「へいき。はやくおおきくなりたいもん」

ルチルは瓶を両手に持ってごくごくとミルクを飲みはじめた。

なんというか、微笑ましい光景だ。

「おぼえておいでですか、ご主人さま？　まだご主人さまが乳離れをする前のこと、奥様は母乳の出が悪かったので、エイラの乳房にこれと同じミルクを垂らして飲ませていたのですよ？」

「乳離れする前のことを、おぼえてるわけないだろ」

ちなみにこの話は何度も聞かされており、お袋に確認したところ真実だという。

「《寝取り王》の『加護』が覚醒したのもうなずける逸話ね……」

「羊の母乳は数ある動物の母乳の中でも、最も人間の母乳に近いそうね」

いっそさっきのように笑ってくれたらよかったものを、アリスとハルカはなぜか感心する。

俺が恥ずかしさに悶えている横で、ルチルはミルクの瓶を空にした。

「ぷはー！　ルチル、もういかなきゃ」

「待ちなさい。鼻の下にミルク髭がついてるわよ」

アリスが、少女の肩をつかんで、ハンカチで口元を拭ってやる。

意外に、面倒見がいいとこあるんだな……本当に母親みたいだ。

「じゃーね、ママ！」

ルチルは、千切れるのではないかと心配になるほど腕をふって、校舎の中に入っていった。

「大丈夫かしら？」

「平気でしょ、ちゃっかりしている感じの子だったし。それよりもお腹が空いたわ」

アリスが再度くぅうとお腹を鳴らしてせっついてくるので、俺たちはエイラが持ってきた敷き布に腰を下ろし、籠の中身を広げた。

「またたくさんつくってきたわね」

その量を見て、ハルカが呆れた声を出す。

「アリスさんの食欲はドラゴン並みだと教わりましたので、たくさん用意しました。卵とチキンとハムと生野菜、それにウェンレルチーズのサンドイッチです。さぁさ、召しあがれ」

「はれがほらほんはみよ、ひふへいへ（誰がドラゴン並みよ、失礼ね）」

即行で口の中をサンドイッチでいっぱいにしながら文句をいわれても説得力は皆無だ。

ハルカはチーズサンドを一口食べて、感嘆の声を漏らした。

「たしかに美味しいわ。ウェンレルってことはこのチーズ、フレイルくんの故郷で採れたの？」

「自慢じゃないが、親父が治めるウェンレルは、羊の質だけは他所には負けないぞ」

「グレイ、そういえばあなた命を狙われているのよ。そのチキンサンド、毒が仕込まれてるかもしれないじゃない。毒味をするから寄こしなさい」

口の中を空っぽにしたアリスが、トマトとアスパラガスのサンドイッチを片手に真剣な表情で詰めよってきた。

「おまえのその、玉《たま》に瑕《きず》としかいいようのない食い意地の汚さはなんなんだ？」

「毒なんて入ってませんよぅ。愛情はいっぱい入ってますが。ほらほら、あーん、です」

銀髪のメイドは、いつもと変わらず手ずから俺に食べさせようとしてくる。

さすがに人目があるところでは恥ずかしすぎるので遠慮した。

ムスッとむくれるエイラ。

ハルカが緊張感のない雰囲気をかき消すようにせき払いをする。

「で、ひとつ訊きたいことがあるんだけど……フレイルくんが命を狙われてるとかいってたわよね。昨夜の地震騒ぎは、あなたたちとなにか関係があるわけ？」

俺とアリスとエイラは顔を見合わせてから、曖昧《あいまい》に首を横にふる。

「……なんの関係もないぜ」

「ええ、まったく」

「羊と山羊ぐらい無縁ですね」

ハルカは、つまらなそうに鼻を鳴らした。

「わたしには教えられないってわけね。いいわよ、だったら自分で調べてやるんだから」

そっぽをむいてタマゴサンドを頬張りつつ、さらにエイラが用意していた紅茶をすする。

「……こういうのは好きじゃないけど、本当に危険な状況なら、わたしからお祖父さまに掛けあってあげることもできるわよ」

「ハルカ……」

祖父の言いなりにはなりたくないと主張していた彼女が、俺のためにその後ろ盾を使うこともやぶさかではないといっているのだ。

薄々わかってはいたけれど、俺は確信した。

ハルカ＝セルバリスは、超いいやつだ。

「お祖父さまに相談するのはやめておきなさい」

添え物のパセリを唇の端にくわえたアリスが口を開いた。

「あなたに推し量れるほど甘い事態じゃないわ。今グレイを助けたいなんていったら、あなた自身のこれからに禍根を残す。シモンズとの逢い引きがバレるどころじゃないわよ」

ハルカはシモンズのことを持ち出されて顔をしかめた。

「えらそうに。あなたこそ、《白》の魔術師なんでしょ？　フレイルくんを巻きこんで、あんな騒ぎを起こす前に、どうにかできたんじゃないの？」

アリスはパセリを呑みこんで、口をへの字に曲げる。

「あたしは、《白》の魔術師じゃないわ」

「いってればいいじゃない。やっぱり、こっちはこっちで探りを入れさせてもらうわ」

「待てよ」

腰を上げようとしたハルカの腕をつかんで引き止める。

「おい、アリス。放っておいたら、事態がよりややこしくなるぞ」

「あたしは君を守る責任は感じてるけど、その子の面倒までは見れないわ」

「けど――」

「彼女に説明したって命を狙われる人間がもう一人増えるだけよ。もしかしたら、今あたしたちと一緒にいるってだけで関係者と認定されている可能性もあるわ」

アリスの指摘はもっともで、俺は返す言葉がなかった。

「まぁ、でもそれは今さらじゃないですか」

今まで黙っていたエイラが口を開く。

「ここは当たり障りない程度に状況を話して、もう関わり合いにならないほうがハルカさん自身のためだと教えるべきだと思いますよ」

「関わり合いにならないほうがいいって……」

「ハルカさん、昨夜ご主人さまは、その存在を知ったら聖フィリア教会に消されてしまうものを目撃しました。そして実際にロウラン学院長に殺されかけました。今ご主人さまが生きているのは、エイラとアリスさんが守ったからです」

昨夜のことを淡々とした口調で語るエイラ。

ハルカが確認をとるように俺を見るので、はっきりとうなずいた。

「……おかげで俺は、聖フィリア教会の要注意人物だ。たぶん、あんたの祖父さんも隙あらば殺そうとしてる。そういう男とこうして話してるってだけでもよくないと思う。自分と自分の身のまわりの人間が大事なら、たぶんもう、話しかけてこないほうがいい」

俺自身、まだ実感が追いついていないのに、こんなことをいっているのが笑える。

しかし、《黒耀の美姫》はアリスの表情を見て納得してくれたらしかった。

「わかったわ。わたしはもうフレイルくんにとって邪魔な存在でしかないってわけね」

「そんな言い方はしてないだろ」

「あなただって、身のまわりの人間よ……そう思ってたのは、わたしだけみたいだけど」

ハルカは消え入りそうな声でつぶやくと、握りっぱなしだった俺の腕をふり払った。

「サンドイッチ、ごちそうさま。特にチーズサンドが美味しかったわ」

長い黒髪をなびかせて、ハルカは離れていく。遠ざかる背中を見つめていると、出入り口となる扉の前で、一度立ち止まった。

ふり返ってなにかいうだろうかと身がまえるも、そうではなく、反対側からやってきた人とはち合わせになったらしい。見覚えのある長身の影が視界に入った。

「ハルカ！　大丈夫か！　またあの男にいやらしいことをされたんではあるまいな」

「今さらやって来て、なにいってるのよ！」

「ハルカアアアアアアッ！」

「ついてこないでっ！」

また、面倒なのが現れたな……。

逃げ場があるなら急いで駆けこみたいところだが、悲しいかな、ここは屋上なのだった。

屋上に姿を現した《白亜》の魔術師ギール＝シモンズはこちらを見るや猛然とむかってきた。

「グレイ＝フレイル！　ハルカは泣いていたぞ！　おまえ、その力を使って、また無理矢理いやらしいことをさせたのではあるまいなぁっ！」

「誤解だ！　俺たちはハルカの身を案じてだな」

「ハルカは私の伴侶となる女性だ！　それを寝取った貴様がぁ――」

「エルフ」

「ウワアアアアアアアアアアアアアアアアッ！」

俺がその単語を発した途端、《白亜》の魔術師は青ざめて、大声を張りあげて誤魔化《ごまか》した。

この反応……本当にエルフだったのか……。

「うるさいわね。すでにこの場にはあなたの正体を知っている人間しかいないわよ」

「エイラは知りませんでしたよ？」

「あなたは人間じゃないでしょ」

「そういわれてみればそうでした☆」

茶番じみたアリスとエイラのやり取りに、シモンズが声を荒らげる。

「アリスティア！　おまえ、約束を破ったのか！」

「約束したのは、あの夜に図書館塔で会ったことを口外しないってことだけでしょ。まぁ、口が滑らない限り言いふらしはしないから安心しなさい。あと、落ち着いてそこに座りなさい。あ、食べ物に手をつけては駄目よ？　あなたの分はないからね」

弱みを握られているシモンズは、歯ぎしりをしてアリスに従った。

「煮るなり焼くなり、好きにしたまえ。しかし、このことは、どうかハルカには――」

ハルカは、こいつの正体を知らないのか……。

「ハルカ＝セルバリスにはいってないし、今後いうこともないわ。あなたが人間社会に紛れこんでどんな諜報活動をしてるのかもさほど興味ないし、むしろ今はハルカが危険なことに首をつっこまないよう目を光らせておいて欲しいとお願いしたいくらいよ」

要点をまとめたアリスの言葉に、《白亜》の魔術師は片眉を上げて考えこむ。

「ハルカがここにいたのは、昨夜のことをおまえたちから聞きだすためか」

「話が早くて助かる」

「ふむ……気に食わんが、ハルカはおまえたちのことを気にしていたからな。優しい彼女ならば、そういうこともあるだろう」

「ずいぶんハルカにご執心なのね。エルフは人間なんてみんな見下していると思ってたけれど」

「人間も竜族もセラフィムも、我らエルフの奴隷であることに変わりはない……が、ハルカだけは特別だ。美しく清らかな心を持っている。愛する甲斐のある少女だ」

その特別扱いはどこからくるのだろう……？

気にはなったが、迂闊に質問すると永遠に拘束されかねない勢いだったので、黙っておく。

「そ……だったら、変わらずにあのお姫さまを守りなさい。こっちの状況は、ある程度は把握してるんでしょ？」

「《ダンテ》の下にあれほど大量のミスリルが眠っていたとは知らなかったが……おまえたちは、なにをやろうとしていたんだ？」

「アリスは、俺の呪いを解くためにあそこへいってくれたんだ。ミスリルの暴発は事故だよ」

俺が説明をすると、シモンズは訝しげな顔をした。

「《寝取り王》のために、《ダンテ》の禁書庫に……？」

「なにか、変かしら？」

「……いや、べつに」

《白亜》の魔術師は含みのある間を置いた。

その時、静かにやり取りを見守っていたエイラが、俺の袖を引いて隣の校舎の屋上を示した。

二人の男子生徒の影がある。

それぞれ、その手に持っているのは双眼鏡だろうか？　随分と熱心な様子で空を見ていた。

「アリス、あれは……」

俺の生命を狙う学院長の刺客ではないかと、恐怖が鎌首をもたげた。

《白》の魔術師は、首を左右にふる。

「違うと思うわ。仮にあそこから狙ってきても、対処できるし、心配はいらない」

「あれは、超常現象研究会だな」

隣校舎の人影を見ながら、シモンズが告げた。

「この距離で顔がわかるのか？　エルフってのは、本当に目がいいんだなぁ」

「ククク……おまえら出来損ないの劣等種族と真の霊長の違いだ」

「ところで、超常現象研究会ってなんです？」

「そういう変人どもの巣窟となっている研究室があるのだ。今朝がた、帝都のちかくに幽霊船が現れたというから、それを探して空を眺めてるんじゃないか？」

「幽霊船……懐かしいな」

長らく聞いていなかった言葉だ。

この大陸の各地には、空に浮かぶ帆を持たぬ巨大な船の目撃証言がある。

「俺も一度だけ、見たことあるぞ」

俺がつぶやくと、アリスが食いついてきた。

「へぇ……いつごろ？」

「エイラと契約した直後だから、八歳の時だな。奇跡の子だとかもてはやされてたところに、空に浮かぶバカでかい船がいきなり現れて大騒ぎになったから、よくおぼえてる」

「信憑性のある幽霊船の目撃情報をまとめると、その場所では直前にセラフィムの覚醒があったっていうのは、本で読んだことあるわね」

「ミスリルとミスリルは、引き合うからな……」

「なにか知っているの？」

意味深なつぶやきを拾われると、シモンズは首を左右にふった。

「知っていても、教える義理はないな。それよりも、グレイ＝フレイル、おまえにひとついっておかねばならないことがあった」

「なんだよ？」

「……一昨日は、殴って悪かったな」

予想外の言葉をかけられて、俺は目をしばたたかせた。

「昨日の夕方ハルカに教えられた。呪いで振りまわされるなりに、おまえは紳士的に行動し、どころか、そのせいで私とハルカの仲が悪くなってしまうのではないかと心配していた、とな」

なにかの間違いではないかと身がまえてしまうも、シモンズは真剣な眼差しで、皮肉を口にしているようには見えない。

ハルカに仲直りするようにいったことがそれだけ効いた、ということなのだろうか？

「そんなことまでしてたの？　本当にお人好しね」

「ご主人さま、八歳の頃に密かに憧れてたお姉さん家政婦と料理長の逢い引き現場に遭遇し、同じような展開になったのが心の傷になってますからね。その他にも、すでに縁談が決まっていた二十歳の家庭教師のお姉さんや、伯爵さまの視察についていった先で出会った羊飼いのお嬢さん、町の教会の若いシスターなどを毒牙にかけ……エイラとお母さま以外は身のまわりに女性を近づけない生活を送っていました……」

「心の傷ってわかってるなら、本人の了承もなく話すなよ……」

あと、毒牙っていうな。

「《寝取り王》の『加護』に責任を感じて周囲から人を遠ざけるようになったか……呪いによって誰からも愛されるというのは、誰からも愛されないことと同義だろうからな」

「わかるのか……」

シモンズの言葉に俺は感動した。

そうなのだ。

俺の意志とは関係なしに発揮されてしまうこの呪いは、他者からの好意を、すべて呪いによるものではないかと疑心暗鬼に陥らせた。

その恐怖はとても深刻で、十一歳から十二歳にかけての時期を、俺は部屋で閉じこもって過ごす羽目になったほどだ。両親やエイラの献身的な支援のおかげである程度回復したものの、心の傷はまだ完全に癒えてはいない。

「わかるとも……私もこの美しさのせいで愛されすぎるきらいがあるからな……似たような経験がある」

「わかってねぇじゃねぇか、このクソ野郎が……！」

「いかなる理由があろうとも、ハルカの柔肌を見た貴様に同情などするものか……！」

俺とシモンズはお互いの胸ぐらをつかみ合って、ギリギリと歯を鳴らす。

「一昨日はハルカの初めての夜になるはずだったのだ……私だってまだ一糸まとわぬ姿のハルカを見てはいないというのにっ！」

「俺だって一糸まとわぬ姿は見てねぇよ……！」

「本当かぁ？　嘘をついてるんじゃないだろうなぁ！」

「男同士ってすごいわねぇ」

「あっという間に、こんなに仲良くなれるんですねぇ」

脇で嘆息するアリスとエイラ。

すると、頬と頬が触れ合うほどにまで接近していた《白亜》の魔術師は張りあげていた声をおさえて、俺にだけ聞こえるように囁いた。

「……アリスティアには、気をつけろ」

「え？」

「禁書庫に所蔵されている本の多くは、おまえたち人類の浅薄《せんぱく》な有史以前……圧政者ロドが生まれる前のものだ。二十三番目の英雄である《寝取り王》ヴィル＝ロークに関係する重要な書物を探すのに適した場所とは思えんぞ」

圧政者ロド……マーリス魔法学院で習う『大陸史』で、一番初めに記される男の名前だ。

五百年前に現れた、最初の人間の王。

自らを《開闢王《かいびゃく》》と称した男が統治する時代は、民を踏みつけにし、一部の特権階級のみが甘い汁を吸う陰惨なものだったという。

ロドは自らを起源とすべく、それ以前の書物を焼き払った。

ほどなくして聖フィリア教が神の化身とあがめる男——始祖王カイン——が登場して、ロドの暗黒時代は終わりを告げる。

シモンズが指摘するところは、俺にもわかった。

時代が違いすぎる、といっているのだ。

俺の祖父《寝取り王》ヴィル＝ロークが歴史に登場するのは、その四百年以上あとになる。

「おそらく、アリスティアの狙いは『熾天原理《してんげんり》』だ」

『熾天原理』……？

初めて聞く単語に、首を傾げる。

「リリスの目覚めは近い……この世界の命運は案外、おまえのような少年が握っているのかもしれないな」

「はぁ……？」

《白亜》の魔術師の真意を糺すことはできなかった。

顔を上げると、シモンズはサッと身を引いて、声高らかにまくしたてる。

「そこまでいうのであれば、おまえを信用しよう。いいか？　ハルカは猫かぶってツンケンしているように見せかけて、清らかな心根を持つ女神なのだ！　その優しさにつけ込んで妙なことをしてみろ、私は諜報活動のために必死に築き上げた地位と名誉をかなぐり捨てておまえを消す！　痛い目を見たくなければもっと私のことを彼女に売りこむがいい！」

「もうその時点で諜報員失格ね……」

「なんとでもいうがいい。貴様ら奴隷種族の誹謗中傷などで私の誇りは傷つかない！」

クセのある白金の前髪をかきあげて、シモンズは自己陶酔に浸る。

「っと、いけない。長話が過ぎたな。ハルカにおまえたちには関わらないよう言い含める使命がある。さらばだ」

象牙色のマントをなびかせて、《白亜》の魔術師は屋上を出ていった。

「ハルカに言い含めるって……大丈夫かな？」

「あの調子だと十中八九、駄目でしょうね」

駄目だろうなぁ……。

「それより、今シモンズになにをいわれたの？　って訊いたら、君は困ってしまうかしら」

アリスは試すように、碧玉の瞳でのぞきこんできた。

まぁ、そりゃ、気づいてるよな……。

俺は肩をすくめた。

シモンズの野郎め、警告ならもう少し上手く立ちまわれよ。

「アリスには気をつけろって……あと、リリスの目覚めは近いとかなんとか……」

古代神リリスとは《闇の大地》で眠っているという、始祖王カイン以前の旧《ふる》き者だ。

大陸の北部は現在《闇の大地》と呼ばれ、魔物を発生させる瘴気を放ち、魔王を自称する男に統治されている。

エルフであるらしいシモンズが口にしたのでなければ、一笑に付していたに違いないその名は、今はひどく不気味に耳に残っていた。

エルフも古代神リリスも、俺にとってはおとぎ話の中の存在だ。しかし、エルフがそうでないらしい今、突拍子もなく出てきた諸悪の根源の名を笑うことはできない。

「アリスは、リリスって、信じてるか？」

尋ねると、彼女は一拍の間をはさんで答えた。

「古代神リリスはいるわよ。北の大地を魔物の荒野に変え、人間が住むことをできなくさせた元凶……やがて目覚めた暁には、この大陸を滅ぼすとされる根源悪」

その声がわずかにうわずっていたように聞こえたのは、俺の気のせいだろうか？

《白》の魔術師は、俺がおぼえた違和感を、すぐに察したらしく、次のように続けた。

「グレイ、あたしはシモンズほどお人好しじゃないから……あまり信用しすぎては駄目よ」

俺はなんと返すべきなのかわからず、居心地の悪い沈黙が屋上に流れた。

鐘が鳴り、昼休みが終わりを告げる。

この世界の、命運？

現実感を伴わぬ響きは、鐘の音がやんでも俺の頭にしばらく反響し続けた。

5　幻獣騎乗術

　その日の最後の授業は、幻獣騎乗術だった。

　クラスの全員がマーリス魔法学院の校庭に集まる頃、担当教諭のレグリッド先生も幻獣舎のほうからやってくる。

「あれがレグリッド先生なの……」

　彼女を初めて見たアリスが、意外そうに目を瞠《みは》った。

　身長は俺の腰ほどまでしかなく、その容姿は昼に会ったルチルと同じくらい幼く見える。

　頭には二本の角が生え、歩く度に小さな羽と大きな尻尾がゆらゆらとゆれていた。

「ハーフドラゴンなんだそうだ」

「竜族と人間が交わって生まれた禁忌の子ども……興味深いわね」

「よぉーし、おまえら全員そろってるなぁっ！　今日も元気よくいくぞーぉっ！」

　レグリッド先生はその小さな見た目に反して、目が覚めるような大声で挨拶をする。

「今日も元気いっぱいですね、レグリッド先生」

「え？　そうかなあ？　これでもストーンエレファントが迷惑かけてロウランに怒られてへこんでるんだけどなあ！　あはははははははは！」

ハルカの応答に、幻獣舎の番人であるハーフドラゴンは呵々大笑《かかたいしょう》した。

その様子に「すごい、能天気ね……」と隣のアリスも驚く。

「それがレグリッド先生のいいところだ」

しかし、ハーフドラゴンという出自の特殊さから、クラスの大半の連中は距離を置いている。

ろくに整えていない長い緑髪から、幻獣舎と同じ獣のにおいを発しているのもそれに拍車をかけているようだった。

「いやあ、ところでみんな喜べ！　学院長の特別の采配《さいはい》で緊急に予算が下りて近いうちに人数分のペガサスを用意できるようになったからなあ！　あはははははは！」

「なんでだよ、おかしいだろ……」

クラスの誰かがつっこんだ。

そりゃそうだろう……俺だって事情を知る当事者でなければ、声を大にしてつっこんでる。

「中庭が荒れた責任をストーンエレファントに押しつけたことにより生じたであろう政治的な駆け引きを隠そうともしないとは……なかなかの大人物ね」

「とゆーわけでえ、我慢をするのもあと何回かだが、今回も二人で代わりばんこで乗ってもらうぞ。あはははははははは！」

元気な笑い声を響かせた後、レグリッド先生は指笛を鳴らした。

幻獣舎のほうから幾つものいななきが聞こえてきて、白い翼を広げた十数頭のペガサスが宙を駆けてやってくる。

翼を閉じて校庭に降り立ったペガサスたちはレグリッド先生に対して首を垂れ、彼女に頭をなでられるとその場で膝を折って待機姿勢を取る。

「大したものね……魔法を一切使わないで、あれだけの数のペガサスを手懐《てなず》けるなんて、人間業じゃないわ」

「ハーフドラゴンだからか、幻獣たちの声を聞くことができるらしいぞ」

「それにしたって、ペガサスは気位の高い生き物なのに……」

「次にくるのを見たら、もっと驚くかもな」

鋼と鋼をこすり合わせたような鋭い鳴き声が空に響きわたった。

幻獣舎から飛び立った黒い点は、青空で一回転した後、俺たちのいる校庭へ急降下してくる。

ペガサスよりもひと回り大きい影――上半身は鷲、下半身は獅子の姿をした幻獣に、ハルカをはじめとしてクラスのみんなは怯えた声をあげた。

「グリフォン……!?　なんでグリフォンなのよ！」

アリスは驚いて、俺の肩をゆさぶる。

「グリフォンは、聖フィリア教においては不浄の生き物でしょう！」

「ああ、おまえが編入生のアリスティアかあ」

戸惑いの声を聞きつけて、レグリッド先生がこっちにやって来た。

「ペガサスが必要な数そろえられなかったからなあ……ペガサスもグリフォンも、騎乗方法を学ぶのに大きな差はないぞ」

「そこじゃないわ。神の祝福から外れたとされる忌むべき獣を、騎乗術の授業に使っているなんて……ロザディアの敷地内にいるだけでも大問題でしょうに……評議会はなにしてるのよ」

アリスの主張に、周囲のクラスメイトたちもしきりにうなずいている。

この宗教都市国家において、グリフォンは悪魔の使いなのだ。

しかし、レグリッド先生は地面に座りこんだグリフォンを躊躇《ちゅうちょ》なくなでる。

「いかなる生命も導き救うのが、信仰と学問が織りなす叡智《えいち》の役目だあ。たとえ何百年も前にグリフォンが反逆者をその背に乗せていたとしても、それはここにいるこいつじゃない。グリフォンに生まれたってだけでこいつが疎まれるのは、先生は違うと思うぞお」

彼女の持論に、熱心な聖フィリア教徒のクラスメイトは不快感を顔に出す。

しかしアリスは、深くうなずいて、騒がしくしたことを謝罪した。

「合理的な考え方の持ち主ね。好感が持てるわ」

「だろお？　いがみ合うよりも仲良くしたほうがずっといい。聖マーリスが予言した第三の奇跡は『人類と竜族の融和』。そして、竜と人間が愛し合った結果がこのアタシだあ」

「ただ、その第三の奇跡は、まやかしだけどね……」

隣にいる俺にだけ聞こえる声で、《白》の魔術師はつぶやいた。

その意味を尋ねようとする前に、レグリッド先生が大きな声を出す。

「さぁて、難しい話はここまでだ。堅苦しいと幻獣たちも緊張しちゃうからなあ……おまえら、仲のよい者同士で二人組になれー」

俺にとってはこの上なく残酷な指示が飛び、一気に憂鬱《ゆううつ》になった。

クラスメイトたちは目の前でどんどん二人組をつくっていく。

騎乗術の実技の時間は今回で五回目を数え、みなほぼ二人組になる相手は決まっていた。

「はぁ……」

過去四回、レグリッド先生にパートナーを務めてもらって、不浄の生き物であるために誰も触れたがらないグリフォンの背中に乗った男が、この俺だ。

声をかけてくれるやつなんて、いるはずが——。

「なにぼーっとしてるのよ、グレイ」

いた……！

アリスは、呆れた顔で途方に暮れていた俺の頬を引っ張った。

「あ、アリス……お、俺と……！」

「みなまでいわなくてもいいわよ。なんとなくこうなることはわかってたしね」

「本当に？　俺今、ちょっと感動してるんだけど！」

「まぁ、君の側を離れるわけにはいかないしね」

そうだ……俺は今、命を狙われてるんだった。浮かれてる場合じゃないんだよな……。

しかし、アリスが俺とペアになることを表明すると、美貌につられて彼女を誘おうとした男子生徒たちは散っていき、優越感が胸の内にこみ上げてしまう。

こっちは昨日何度か死にかけたんだし、これぐらいの役得はあってもいいはずだ。

そんなことを考えていると、ふいに視線を感じて、背後を見る。

ハルカと視線が交わり、彼女は小さく舌を出してみせてくる。

昼休みのこと、根に持ってるんだな……。

「二人組になったら、今度は乗るやつを選べな」

レグリッド先生の指示にクラスメイトたちは返事をして、ペガサスを選んでいく。

俺とアリスは、必然的に誰も近寄ろうともしないグリフォンに乗ることになった。

「くぇぇ」

半鳥半獣の幻獣は、俺を見つけるや、服の裾を嘴《くちばし》でひっぱり、腹に頭を擦りつけてくる。

「おお、フレイルはなんだかんだでそいつに気に入られたなぁ。さすが《寝取り王》だ」

「《寝取り王》関係ねぇから！」

茶化してくるレグリッド先生に思わず叫ぶ。

「いやでもそいつ雌《めす》だぞ。幻獣舎にツガイの雄《おす》もいるし。すでに二児の母だ」

「え、そうだったのか……」

背中のあたりをなでてやっていたグリフォンは再び「くぇぇ」と啼《な》いた。

なにをいっているかわからないが、好かれているのは伝わってくる。

そんな俺たちのやり取りを聞いていたクラスメイトが、ひそひそ声で言葉を交わす。

「うそ、経産婦《けいさんぷ》のグリフォンまでも寝取ったの……!?」

「でかいに決まっていると思っていたが、グリフォンを満足させられる大きさなのか!?」

「その股間のイチモツは、不浄のグリフォンを光堕ちさせる聖槍……！」

「やっぱ悪魔崇拝のアベル派なんじゃ」

「やだ、変な名前を出さないでよ。ロザディアにそんなのがいるわけないでしょ」

逐一《ちくいち》陰口を気にしてもいられないので、とにかく無視をする。

心を強く持て……今の俺には二人組になってくれる相手がいるんだ……！

「グリフォン……こうして間近で見るのは初めてだわ。意外と背中はふかふかなのね」

アリスは、クラスのみんなのような忌避感はないらしく、背中やら羽のつけ根あたりの触感を楽しんでいる。

「鞍はつけないのね」

「ペガサスもグリフォンも気位の高い生き物だからな。頭絡《とうらく》をつけるだけで限界らしい」

「でも、長時間乗るなら必須でしょう？　絵画には鞍つきのペガサスが描かれてたわよ」

「そりゃあ、いやがる鞍を載せられるだけの絆を結ぶ必要があるなあ。今のおまえたちはこいつらに乗せてもらっているんだぞ」

アリスの疑問を耳にはさんだレグリッド先生が教えてくれる。

「グリフォンはペガサスほど気難しくはないが、初めての人間を一人で乗せるのは危険だからなあ。フレイル、アタシがしてやったようにアリスティアと一緒に乗ってやれな」

「えっ……！」

ペガサスよりもひと回り大きいグリフォンの背は、二人同時に乗れる余裕がある。

先生の言葉どおり、俺はその方法でグリフォンの乗り方を叩きこまれた。

しかしそれは先生が子どもと大差ない体型だったからできたことで、胸やおしりがしっかり出ているアリスが相手となると話は別だ。絶対に、またあの呪いが発動してしまう。

「個別にやるよりもそっちのほうが効率がいいわね。あたしは君の前にすわればいいのかしら、後ろにすわればいいのかしら？」

しかし《白》の魔術師は乗り気で俺に教えるように促した。

「や、でも、その……」

歯切れが悪く言葉に詰まっていると、賢い彼女はすぐにこちらの意図を悟った。

「心配しなくても、君の呪いがあたしに通じないことは知ってるでしょ？　それに、空の上でも一緒にいられる口実ができたのは好都合だわ」

「あ……わかった。それ以外に道はないな……」

左手が光りドキドキしているのが可視化されるのは恥ずかしいが、背に腹は代えられない。

先にアリスをグリフォンの背中にまたがらせて、俺はその後ろに乗った。彼女の脇から手を出して頭絡から伸びる手綱を握りしめる。

黄金の髪から、出会った時にかいだのと同じ花石鹸の香りがした。

「足を内側に締めて、太ももでグリフォンの背中を挟むように。手は、手綱のあまったところを持っててくれ」

《白》の魔術師は俺の指示に素直に従う。

腕と腕が触れ合い、彼女の温もりを肌で感じる。

やはり、小柄なレグリッド先生と違ってどうしても意識してしまうな……。

いや、そんなことばっかり考えてるから、《寝取り王》の呪いに負けてしまうんだ。

俺は邪念をかき消すように手綱をふった。

グリフォンは「くぇ！」と元気よく啼いてから、助走をつけて羽ばたいた。

力強く上下する翼は風をとらえ、俺とアリスを乗せた幻獣はすぅっと上空に飛びあがる。

みるみるうちに遠ざかっていく地面。

腕の中で、アリスがこわばった。

「もしかして、高いところ苦手だったりするか？」

吹きつける強風の中でも聞こえるように耳元に話しかけると、《白》の魔術師は渋い顔をする。

どうやら図星らしい。

「俺と一緒に乗るのに飛びついたのも、実は一人で乗るのが怖かったからじゃ――あいたっ」

調子に乗っていじると、手綱を握る手の甲をつねられた。

「それ以上いったら怒るわよ。こっちだって君のためを思ってここにいるんだからね!?」

「ああ、すまんすまん。アリスに腹ペコ以外の弱点があるのがちょっと嬉しくってな」

「別に弱点じゃなくて……小さい頃から、繰り返し見た夢を思い出しただけ」

彼女の小さい頃に興味を引かれ、「夢?」と先を促す

「墜ちる夢。空に浮かんでいるあたしが、重力に引かれて、加速しながら地面に激突する夢よ」

「いやな夢だな……そんなの繰り返し見たら、高所恐怖症にもなる」

「だから、別に高所恐怖症なんかじゃないわ。むしろ飛ぶことには興味があるぐらいよ」

アリスは唇をとがらせて、意地を張った。

たしかにその横顔を見ると、もう怯えらしきものは見えない。

本当に一瞬、いやな記憶が蘇った――そんな程度のものなのだろうか。

「つらくなったらいつでもいってくれ。レグリッド先生に話せば、許可してくれるだろうし」

「お気遣いありがとう。でも、本当に平気よ」

「わかった……その言葉、信用するからな」

俺はグリフォンの手綱を引いて、さらに高度を上げた。

視界が広がっていき、マーリス魔法学院の塀のむこうに広がるロザディアの都市を見渡せるところまでくる。

「《星の剣》《アスロン》……」

アリスが、ぽつりとその名を口にした。

ロザディアの北端よりも、さらにはるか北の果て。

地平線の先に、地面に突き立てられた剣が小さく見える。

《星の剣》と呼ばれたそれは、神聖フィリア帝国の北の国境に突き立てられた巨大な剣だ。

創星期にセラフィムと共に空の果てより墜ちてきたといわれ、聖フィリア教では、始祖王として地上に現れる前のカインが、神の姿で天地を開闢した剣だと伝えている。

「気になるのか？」

「この大陸に生まれた人間なら、誰だって興味あるわよ」

アリスの顔を肩越しにのぞきこむと、彼女の瞳がいつもよりも輝いているように見えた。

興味がある、なんて軽い表現ではすまない。

この《白》の魔術師は、《星の剣》に焦がれている。

「あの場所に、いってみるか？」

「へ？　ひゃ、ひゃいっ！」

「なんだよその声⁉」

「な、なにって、いきなり君が変なことをいうからでしょう！」

アリスは珍しく恥じらいをにじませた視線でこっちを睨《にら》んだ。

「変なことってほどでもないだろ……俺もいつか近くで見たいって思ってたし。もうちょっとしたら長期休暇に入るだろ？　外には魔物がいるから護衛を雇わないといけないかもだけど一緒に――」

「残念だけど、それは無理よ」

碧玉の瞳がゆれた。

「あたしは、ロザディアから出られないから」

「出られないって……なんで？」

「そういう身体なのよ……君の呪いが通じないこととも関係あるんだけど……とにかく、ここぐらい強力なエーテル脈でないと、普通に生活ができないの。燃費が悪いのよ」

「エーテル脈？」

「地面から放出されるエーテルの量が潤沢な場所をそう呼ぶのよ。聖地だけあって、ロザディアのエーテル脈は大陸でも最大規模よ」

「そうだったのか……知らないこととはいえ、悪かった」

不可能なことなど一切ないと思っていたアリスが、そんな不便を抱《かか》えていたなんて。

——持ち出し厳禁の鎖つきの図書……あたしと一緒ね。

昨夜の言葉の意味が、ようやくわかった。

「謝らなくてもいいわよ。《星の剣》を間近で調べてみたいって気持ちは嘘ではないし、一緒にいこうっていってくれて、嬉しかった」

彼女はそういうと、頭を俺の胸にこつんとあてた。

金色の髪から漂ってくる、花石鹸の香り。

「俺たち、今はロザディアから出られない者同士なんだな」

「あたしはともかく、君はロウランたちとの交渉次第でどうにかできるはずだわ。この《白》の魔術師に任せておきなさい」

「アリス……」

不思議だった。俺だったら、同じ境遇を分かち合える相手を手放したくはないと思う。

「昼休みにお人好しじゃないとかいってたけど、おまえ、無茶苦茶いいやつだろ？」

「ロザディアに閉じこめられてる者同士で慰めあうなんてごめんよ。それに……」

碧い瞳が、さびしげに虚空を見つめる。

空の青さにも引けを取らぬ透きとおるような深い色合いに、俺は見とれた。

「それに？」

「なんでもないわ。そんなことよりも、いつのまにかグリフォンが校庭の外に飛びだしそうになってるけど、大丈夫なの？」

「うお、やべっ！」

俺は慌てて手綱を操り、右に重心を傾けて、方向転換する。

校舎や校庭のほうに目を戻すと、気難しいペガサスと格闘するクラスメイトたちが見えた。

ほとんどが俺たちのはるか下をおっかなびっくり飛びまわっている。

「こうしてみると、グレイの優秀さが際立つわね」

「この科目はな……しばらくレグリッド先生につきっきりで教わったし」

「そのくらいで調子に乗らないでくれる？」

挑発的な声が上空から聞こえてきて、顔を上げた。

純白のペガサスにまたがった、黒髪の少女。

青空を背にして空中を駆けるその姿は、とても絵になっている。

「ハルカ……！」

「昼にあたしたちに関わらないでっていったでしょ？」

「うるさいわね！　こんなところまで誰も見てないでしょ！　それよりも、勝負よ！」

「はい？」

「わたしとあなたたち、どっちが先にあの《ダンテ》の頂点に届くか競争しましょう」

突拍子もない挑戦状に俺たちの思考は一瞬停止した。

「あんな風にコケにされて、黙っているわけにはいかないわ。あのあと、シモンズ先生もやって来てあなたたちには関わらないほうがいいとかいいだすし……」

　やっぱりシモンズは、ハルカを言い含めるのに失敗したらしい……。

「誰と付き合おうが、わたしの勝手じゃない！　というわけで、わたしが勝ったら実力を認めて、あなたたちに混ぜて！」

「なにが『というわけで』なのよ……さっぱりわからないわ」

「二度も同じこといわせないで！　わたしはお祖父さまやセルバリス家の人形じゃないのよ！　なのにその影に怯えて貝のように口を閉ざして見て見ぬふりするなんて冗談じゃないわ。わたしにも、あなたたちと同じ手綱を握らせなさい！」

　はばかることなくハルカは言い放った。幸いにも上空で、周りに人影はない。

「子どもの遊びじゃないのよ」

「あなただってわたしたちと同じ十六歳なんでしょ！」

「あたしは《白》の魔術師よ」

「やっぱりそうなんじゃないの！　嘘つき！」

　子どもみたいな口げんかを交わすアリスとハルカ。

　俺が落ち着くようにアリスの袖を引っ張ると、彼女は我に返ってせき払いをした。

「悪いけど、そんな勝負を持ちかけられても、受ける義理はないわ」

「だったら、いうわ」

《黒耀の美姫》は琥珀色の瞳に強い意志の光を宿して告げる。

「わたしが知ってるすべてのこと、《ダンテ》になにかしらの関係があること……《寝取り王》の孫であるフレイルくんの生命を狙っている連中がいること。全部ぶちまける!」

「事態が複雑になってとても迷惑だけど、あなたが窮地に陥るだけよ。無駄に流れる血の量が増えるだけ。好きにすれば、というより他はないわ」

　アリスは突き放すように吐き捨てた。

　たしかに、ハルカが彼女自身を盾に交渉してくるのならば、こう告げるしかない。

「そういうと思ったわ。ならこっちも切り札を使うしかないわね」

「そんなものがあるんなら先にそっちを切りなさいよ、まどろっこしいわね……」

「物事には順序ってものがあるのよ。わたしの最後の切り札は――」

　一拍の溜めをつくって、マントの内側から紙切れを取り出してかかげた。

「裏学食の、招待状よ」

「裏学食……？」

《白》の魔術師は眉をひそめる。俺は、噂で聞いたことがあった。

　マーリス魔法学院は、人類と竜族の友好の場としての側面や、知の殿堂としての側面がある一方で、やはり聖フィリア教会総本山直轄の学び舎である。

そこで提供される食堂の食事はいささか禁欲的《ストイック》な趣があり、実家で贅沢な食事に舌鼓を打ってきた貴族の子女にはとうてい満足できる代物ではない。

そこで、一部のグルメな学生が金と権力と飽くなき探究心にものをいわせてこっそり開いた研究会が、マーリス魔法学院の裏学食だった。

会員制の秘密クラブであり、上級役員の推薦がなければ入会できない裏学食の招待状は、魔法学院内での地位を保証するものといって差し支えない。

そしてなによりも、食に目のないアリスの前に出してはいけないものだった。

くぅぅと彼女のお腹が鳴る。

昼にエイラのサンドイッチをあれだけ食ったのに、まだ食い足りないのかよ……！

「条件の確認よ……あたしたちが勝った時は、あなたはその招待状を渡して、この件からは完全に身を退くこと。いいわね？」

「やっぱり食いついたわね。わたしが勝ったら、あなたたちの仲間に入れてもらうわ」

闘志の炎を燃やしだしたアリスに、俺は頭を抱えた。

「むこうからけしかけてきたとはいえ、食欲を満たすためにハルカを危険にさらすんだぞ」

「勝てばいいのよ。それにグレイは気にならないの、裏学食？」

「優先順位はそんなに高くない！」

「ちなみに、今裏学食で流行っているのはサマルガンドの南の果てより伝わった〝かりー〟というスパイス料理。一度食べたらやみつきになる美味しさよ」

「……じゅるり」

アリスの双眸が、飢えた獣のそれとなる。

駄目だこりゃ……もう俺がなにをいってもきっと届かない……。

《ダンテ》の頂点にある祭壇に捧げられた羊の彫刻に先に触ったほうが勝ちよ。それじゃあ、出発の合図を――あ、あんなところにお菓子でできたバーバ・ヤーガ！」

「え、どこ!?」

「どこじゃねぇよ！　だまされんなって！」

アリスが全力で釣られてしまったので、つい俺も探してしまった。

その隙にハルカは手綱をふり、ペガサスは一直線に図書館塔の頂上へむけて飛んでいく。

「卑怯な……お菓子のバーバ・ヤーガなんて、あたしにとって一番残酷な嘘よ！」

「本当に食い意地の汚さだけが玉《たま》に瑕《きず》だよな、おまえって」

「つべこべいわずに急ぎなさい」

促され、俺も手綱を鳴らし、グリフォンの腹を蹴った。

「よく考えたらこの勝負、ほとんど俺とハルカの勝負じゃねぇか！」

「勝ったらなにかご褒美あげるわ！」

「本当だな、絶対だぞ！」

グリフォンの大きな翼は風を切って、大空を駆けのぼっていく。

レグリッド先生に、航続距離はペガサスのほうが勝るが、グリフォンは急速な上昇や下降に優れると教わった。はじめについた差と二人乗っていることを俺の手綱さばきで埋められれば、この勝負は勝てる。

ハルカはなにをやらせてもクラスで三本の指に入る優等生だが、幻獣騎乗術なら俺はこのクラスで一番飛べる自信があった。

「不浄の生き物でもやればできるってとこ、見せてやろうぜ」

グリフォンを励ますように語りかけて、腹を蹴った。

鷲の嘴から、鋭い鳴き声が響く。

しかし先行するハルカたちは遠く、なかなかその距離は縮まらない。

「このままだときついわね……くっ！」

俺の前にすわるアリスが、荒々しく吹きつける強風にうめく。

「体勢を低くしておけ」

「こ、こう……？」

上体を倒すと、必然的におしりをこちらに突きだす姿勢になる。

短いスカートに覆われた丸い柔らかなものが、下腹部に押しつけられた。

気持ちいい……じゃなくて、まずいぞ、これは……！

「ちょっと、この体勢を取らせたのは、君のそういう欲求を発散するためだったの？」

アリスは、薄緑色に輝く俺の左手を顎で示しながら、肩越しに睨んでくる。

「ち、ちげぇって！　多少楽になったろ」

クソ、本当に厄介な身体だ。今はまだ目覚めないでくれ聖槍！

昂ぶる気持ちを紛らわすように手綱を打つと、グリフォンがひときわ大きく啼いた。

翼の羽ばたきはより速くなり、獅子の後ろ足はまるでそこに足場があるかのように力強く蹴って、加速する。

俺たちの行く手を阻んでいた向かい風が急激に弱まった。

「これって……なにが起こったんだ？」

「ペガサスやグリフォンをはじめとする幻獣たちは、この星の大気に満ちるエーテルの動きを読み、操作することができるって読んだことがあるわ」

「それって、俺たちの魔術《マギ》と一緒だよな」

「ええ。魔術式や魔法陣を用いない、原始魔術《ジン＝マギ》と呼ばれるものよ。セラフィムが扱う魔術も、同じものといわれているわね」

「どうしてそんなことが、急に……」

「それはつまり、その気になってしまったからじゃないの？」

《白》の魔術師は上体を起こして、呪印が浮かぶ俺の左手を指さした。

「俺のせいかよ……！」

「グリフォンも虜にできるなんて……そのうちどこまで魅了できるか実験してみたいわ」

「人体実験反対！」

碧色の瞳を輝かせるアリスの横顔に怯えていると、呪印も消えた。

しかし俺のために本気になったグリフォンの加速は衰えることなく、とうとうハルカのペガサスに並ぶ。

「嘘、追いついたの!?」

「汚い手を使うからよ」

「さては、なんか魔法使ったわね……ずるいわ！」

「ずるいって……あなたにいわれたくないし、あたしは魔法を使ってないし、そもそも魔法を使っちゃいけないなんて条件もなかったでしょう」

アリスに言いくるめられて、ハルカは悔しそうに歯がみをする。

「うぬ……急ぎなさいペガサス！　不浄の生き物に負けちゃ駄目よ」

「グリフォンが不浄の生き物とされるのは、聖フィリア教の都合でしかないわ。ペガサスにいっても馬の耳に福音を唱えているようなものよ」

二頭の幻獣は、せめぎあって並走する。

肉薄するペガサスの熱い鼻息が、風に乗って俺の顔面にかかった。

身体は大きいが猫のようにしなやかな体つきのグリフォンに対して、ペガサスは純白の毛並みにくっきりと陰影が浮かぶ引きしまった身体をしている。

接触すれば、はじき飛ばされるのはこっちだ。そうなる前に、引き離す！

一度追いついてしまえば、風のエーテルを操り空気抵抗をなくしたグリフォンに、負ける要素はなかった。

加速する鷲獅子は、ハルカたちを追い越して、《ダンテ》に肉薄する。

もう図書館塔の頂上はすぐそこだ。

俺は手綱を引いて、図書館塔の壁面に対して平行になるように幻獣を駆る。

《天地を繋ぐ星の脊髄《パライ・ア・アスパルド》》とも謳《うた》われる巨大な塔。

足元を見れば、無数の有機的な彫刻で飾り立てられた壁面が、こちらを圧倒してくる。

世界の原初――すべてを生みだした混沌の海とは、こんな姿をしているのではないか？

胸に芽生える、途方もない人工物への畏れ。

すぐ側に感じるアリスの温もり。

顔を上げれば彼方まで広がる地平線と青空。

いつも下から見上げるばかりだった《ダンテ》の頂点に、こんなにもあっさりと届くのかと、俺の胸は妙な高揚感に満たされていた。

「エーテルが乱れてる……とめて！」

突如、アリスが俺の腕をつかんで、手綱を引いた。

予告のない乱暴な操作に幻獣は抗議の声を発するが、それもすぐにやむ。のしかかってくる威圧感とともに、視界が暗くなった。

さっきまでそこに広がっていた蒼穹が、なくなっている。

「え……？」

「幽霊船だわ……」

天に蓋をするような巨大な白き船が、《ダンテ》の直上に現れたと理解するまでに、俺はしばらくの時間が必要だった。

6　幽霊船

「ちょ、ちょっとなにが起こってるのよ！」

俺たちに追いついたハルカが悲鳴を響かせた。

彼女の問いかけに、俺もアリスも返す言葉はなかった。

《ダンテ》の直上に現れた、巨大な白い物体。

その大きさは、ペガサス三十頭分ほどにもなろうか？

離れて観察してみると、《白》の魔術師はその外観を「バナナみたい」と表現した。

こんな状況でも食い物のことを考えている彼女に、俺は心強さをおぼえてしまう。

白い金属質のつるりとした表面は太陽光を反射して、まばゆいほどだ。

「こんな巨大なものが、どうやって浮いているのかしら……」

「そこじゃないわよね!?」

アリスの言葉に噛みつくようにハルカが声を上げる。

「幽霊船っていったよな、さっき……」

《黒耀の美姫《ヌイ・エステル》》を落ち着かせるためにも、俺は先ほどのアリスの呟きについて尋ねた。

「信憑性のある複数の目撃情報から得られた想像図に似ているわ……グレイは実際に見たこと

あるんでしょ？　その時はどうだったの？」

「地上から見上げただけだからなんともいえないけど……同じのだと思う」

「シモンズが話してたことは、本当だったたってことね」

「なんでシモンズ先生が出てくるのよ……わたしをのけ者にして彼を仲間にしたの⁉」

「べつに仲間にしてねぇよ！」

よくわからない方向に怒るハルカに対して、怒鳴り返す。

すると、下のほうから間延びした声が聞こえてきた。

「おおい、馬鹿どもおっ！　なあに勝手にそんなところにいってるんだぁ！」

ペガサスを駆るレグリッド先生だ。

猛然とこっちにむかってくる。

「授業は中止だあ！　校舎の中に、いったん戻るぞお！」

不安でこわばっていたハルカの表情が、わずかにゆるんだ。

「しょ、しょうがないわよね……こんな事態だし、勝負はお預けよ。あとは先生たちに任せて、校舎内に戻りましょう」

「あなたはそうしなさい。あたしはあの中にいくわ」

「はいっ？」

「グレイはどうする？　って訊きたいけど、君一人だけ地上に残すとロウランに殺される可能性があるから、問答無用でついてきてもらうわよ」

　ふり向いたアリスに見つめられ、俺はうなずいた。

「仮に選択の余地があったって、俺はついていくよ」

　どうしてなのかは、自分でもわからない。

　けれど、それ以外の選択肢など存在しないように思えた。

　先ほどのハルカの言葉ではないが、俺とアリスはすでに、同じ手綱を握っているのだ。

「ちょ、あなたたち、なにをいって……！」

「いくわよ、グレイ！」

「ああ！」

　手綱をふると、グリフォンは大きな翼をはためかせて、幽霊船に接近する。

　猛々しい風に頬を叩かれ、ふり落とされないように幻獣の背中を挟む脚に力をこめた。

「入り口はどこだ？」

「探すわ。なければつくる。グレイは、落ちないように押さえてて」

　俺は右手に手綱を集め、左腕を彼女のお腹にまわした。

　豊かなふくらみを誇る胸部に対して、お腹はきゅっとくびれて余分な肉がない。

　あれだけ食ってるのに、どこにいったんだ……？

　押さえている手で思わずお腹をなでてしまうと、肘鉄が俺の顔面に飛んできた。

「失礼なことを考えながらお腹をなでるのやめてくれる？　集中できないんだけど」

「す、すみません……」

グリフォンは幽霊船の後ろに回りこんで、出入り口を探す。

「出入り口らしきものは見当たらない……しょうがないわね」

アリスはマントの内側から魔術式の書かれた手袋を取りだして嵌めた。

「今回は魔導書は使わないのか？」

彼女の腰には、金色の鎖に繋がった鍵と錠前が輝いている。

「先の見えない状況だからね……複製に時間のかかる魔導書はいざという時にとっておくわ」

「その手袋は？」

「魔導グローブ。直接身体に魔術式を書きこんでたロウランほどの威力は出ないけど、できることの幅が広い頼れるやつよ」

得意げな笑みを浮かべて、《白》の魔術師は手袋を嵌めた両手の平を重ねる。

完成した術式が励起して銀色の光を放ち、人さし指と中指を立てた右手を水平に払った。

「ドュナイ・デュナミス——風よ、我が祈りに応えて、切り裂け」

二本の指先から風のエーテルを凝集した白き斬光が放たれ、幽霊船の装甲を傷つける。

「もう一度……ドュナイ・デュナミス——風よ、我が祈りに応えて、穿て！」

アリスの連撃が幽霊船の表面に俺たちが通れるだけの穴を生みだした。

グリフォンとともにその中に入り、再びアリスが両手の平を組んで、術式をつくる。

「ドュナイ・デュナミス——光よ、我が祈りに応えて、闇を照らせ」

禁書庫に入りこんだ時にも使った、照明魔法だ。

どうやらあの手袋は、手の組み方を変えることで様々な術式をつくり、魔術を発動させられるらしい。

「たしかに、便利な手袋だな……」

「残念だけどあたし専用よ。それよりも……」

《白》の魔術師は、照明魔法に照らされた周囲を確認する。

なにもない、白い部屋だ。

広さは俺たちの寮の部屋とさして変わらず、がらんとしていて用途もわからない。

しかし……。

「アリス、これって……」

金属質のつるりとした床面をなでる。

埃のひとと欠片も見当たらない、きれいな床だ。

「ええ、間違いなくミスリル……《ダンテ》の地下と同じね」

俺は息を呑んだ。

どうして、地の底にあったものと、天空より現れたものにこんな共通点があるのだろう？

胸がざわつくような気味の悪さを感じていると、外から声が聞こえてくる。

「うわぁ、ちょっと入り口にいないでよ、どいてどいて！」

「どわっ！」

慌てて身をかわすと、ペガサスにまたがったハルカが部屋の中に飛びこんできた。

幻獣の背中からずるりと落ちた彼女は、スカートがめくれて純白の下着を披露してしまう。

「はぅ……着地の練習をもっとちゃんとしておけばよかったわ……」

「どうしてここにきたの！」

顔を赤くしながらスカートを直すハルカを、アリスは非難した。

「校舎に戻れといったでしょう。なにがあるのかわからない、危険な場所なのよ？」

「あなたたちを放って、一人だけ逃げるなんて、したくない」

ハルカは立ち上がって、俺たちと対峙する。

「もう一回いうわ。わたしにも、あなたたちと同じ手綱を握らせて」

「足手まといなの。わからない？」

「なにがあるのかわからないんでしょ？　ならない可能性だってあるじゃない」

「もしもなったら？」

「放っておかれても、文句はいわないわ」

「あのな……そんなことできるわけないだろ」

「でも、助けてくれたなら——絶対に、借りは返す」

ハルカは、真剣な瞳でアリスを見つめる。

二人は、どのくらいにらみあっていただろうか。

「裏学食の招待状だけだったら、承知しないわよ」

先に折れたのは《白》の魔術師だった。

ハルカは拳を握りしめて、俺に微笑みかけてくる。

ケンカに勝ったことを誇る子どもみたいな、無邪気な笑顔だった。

「とりあえず、この船の中を調べるわ。レグリッド先生や……ロウランも放っておくとは思えない。時間はないから、急ぎましょう」

アリスを先頭に、俺たちは部屋を出た。

やはり物がないだけで《ダンテ》の禁書庫と同じような、白い通路が左右に伸びている。幅は狭く、幻獣たちを連れていくのは難しいと判断して、部屋に置いていくことに決めた。

「まぁ、ここにいれば、レグリッド先生が迎えにきてくれるだろう」

ここまで連れてきてくれたグリフォンを労《ねぎら》うと、「くぇええ」と啼《な》いて、俺のほっぺたを優しくついばんできた。

「グリフォン流の友好の証よ。人間相手にやることなんてあるのね」

「なんでそんなに好かれてるのよ……もしかして、本当に聖槍で光堕ちさせたの……？」

「さっきから思ってたんだけど、光堕ちってなんだよ」

引き気味のハルカにつっこみつつ、通路に出る。

人の気配はなく、左右には扉があった。開けてみると、俺たちが侵入してきたのと同じ、なにもないだけの部屋だ。

「ちょっと、寮に似てるな」

「おそらく船員たちはここで生活してたんでしょうね」

「空を飛ぶ船の上に住むなんて素敵ね」

この状況で目を輝かせるハルカも、かなりたくましいな……。

通路の奥には窓のついた横滑り式の扉があった。むこう側にはやはりなにもない広間がある。

先頭のアリスが開けようと試みるも、扉は動かない。

「どうする？」

「押し開くまでよ。危ないから、ちょっと下がってなさい」

扉の窓にむっつり顔を映した魔術師は、再び魔術式を両手に編み、その手を扉にかざす。

「ドュナイ・デュナミス――炎よ、風よ、我が祈りに応えて、爆ぜよ！」

今度は火のエーテルが凝集した火炎球だ。

炎の塊は、ミスリル製の扉に触れた瞬間爆発し、扉を粉砕した。

おそらくミスリルの焼けるにおいだろう。かいだことのない異臭がその場に漂う。

「さぁ、いくわよ」

《白》の魔術師は黄金の髪をかきあげて、先に進む。

金属の扉をいともたやすく破壊せしめる魔術を目の当たりにして、俺もハルカも額に汗をにじませた。

「今のって、火のエーテルと風のエーテルを混ぜた爆炎魔術ってやつよね？」

「そうよ。魔導書を用いてこれを使えるようになれれば《白銀》の称号をもらえるわ」

《白銀》……生涯を魔術の道に捧げてそこに至れれば優秀とされる称号だ。

魔術の都であるロザディアでも、たしか百人はいなかったはず。

気後《きおく》れしながらアリスについていくと、突然、天井の照明が赤く明滅しだした。

かん高い耳障りな鐘の音が響き、俺たちは足をとめる。

「なんだ？」

「わたしたちの侵入を知らせる警告音、って感じよね？」

「やっぱりこの幽霊船は生きてたのね。いえ、今もこうして飛んでいるのだから、当たり前か」

異物を自動的に吐きだす金属……《ダンテ》の禁書庫でアリスが教えてくれたミスリルの特徴が記憶に蘇る。

「納得してる場合じゃないでしょ。流れ的に追い出されるのはわたしたちじゃない！」

俺たちがいる広間の床の上に、魔法陣が浮かび上がった。

慌ててその上から退くと、魔法陣が放つ光の中から、俺たちよりも二回りくらい大きい、白い全身鎧が現れる。

盾と長剣を左右の手にかまえたそれは、ぎこちなく動きだして、こちらをむいた。

兜の瞳の部分に、赤い光が灯る。

「召喚魔術？　人間が入ってるのか」

「いいえ。この船を構成するミスリルからつくりだされた自動人形……名付けるならミスリルナイトといったところでしょうね」

「だから、名前をつけてる場合でもないわよ！」

ミスリルナイトは握りしめた長剣で、一番近くにいた俺に斬りかかってくる。

慌てて後ろに下がってかわすも、重々しい斬撃は前髪をかすめた。

剣が巻き起こす風で額がぱっくりと裂けて、鮮血が鼻を伝って流れ落ちる。

「フレイルくん！」

「あなたは邪魔だから下がってて！」

ハルカを突き飛ばして、アリスが俺とミスリルナイトのあいだに割りこんだ。

「ドゥナイ・デュナミス——魔銀《ミスリル》よ、我が拳に応えて、貫け！」

両手を組んで魔術式を完成させた魔術師は、その輝く拳で床を殴りつける。

次の瞬間、床から鋭い鋼鉄の槍が生えだして、相手の右足を砕いた。

片足を失い倒れゆく自動人形に対して、アリスは踏みこんで追撃をかける。

「はあああああっ！」

飛び上がり、上空で一回転して勢いをつけた踵落としが、相手の頭を粉砕した。

「《白》の魔術師っていうのは、そういう芸当もできないとなれないものなの？」

半ば呆れながらハルカが訊くと、アリスは黄金の髪をかき上げて、にこりと笑った。

「カラテは精神統一のために軽く嗜《たしな》んでいる程度よ」

「軽く嗜んでいるだけで金属をたたき割れる蹴りは無理だろ……」

「ああ、今のは一応魔術で強化してたから安心して」

「いつのまに……」

「呪文詠唱なしに身体強化――これくらいできないと、魔術を実戦で使おうなんて考えないほうがいいわよ。と、そんなことよりも先に進まなきゃ」

床には再び魔法陣が浮かび上がり、第二第三のミスリルナイトが現れようとしていた。

「先って、どこにむかってるのよ！」

「きたのとは逆の方向、未知の領域を目指しているのよ」

アリスは走りだすと、正面に現れたミスリルナイトを炎をまとった掌底《しょうてい》で殴り倒す。

「きゃあああっ！」

ハルカの悲鳴が響いた。

アリスが彼女を助けようとするも、新たなミスリルナイトに背後から攻撃されて、その対処を余儀なくされる。

俺は近くに落ちていた盾を拾い、ハルカと敵のあいだに飛びこんだ。

鋼と鋼が打ちあう音が船内に反響し、両足を踏んばって衝撃をこらえる。

「フレイルくん……！」

「アリスにぴったりついてろ、しんがりは俺が務める！」

自動人形がさらなる剣撃をくりだすのを、再び盾で受けとめる。

まずいな……なんとか受けとめることはできるけど、そうすると身動きが……！

切り抜ける手段を探しているあいだに、脇から飛んできた火球がミスリルナイトの上半身を吹き飛ばした。

「助かった……」

「そっちこそ、できることを堅実にやってて、悪くない立ちまわりだったわ」

「そ、そうか……よかった」

アリスにほめられると、不思議なくすぐったさをおぼえた。

ハルカが口元をゆるませながら、意味ありげな視線をこっちに送ってくる。

「ふーん……そりゃ、わたしが誘っても断るわけよね」

「な、なにいってんだ。アリスのすぐ後ろにつけって。敵がまた出てきてるぞ」

「はいはい。はー……《寝取り王》がこんな純情だったなんてねぇ」

「だから《寝取り王》はやめろって！」

きたのとは反対の扉を蹴破り先に進むアリスを追って、ハルカは狭い通路に駆けこむ。

俺は盾をかまえながら、二人に続いた。

後ろでは、新たに生みだされたミスリルナイトたちが、せまい通路に巨体を押しこみ、一列になって追いかけてくる。

「アリス、また団体さんできてるぞ！」

「ふむ……二人とも左右に避けて、射線を確保させて」

俺たちがいわれたとおりにすると、《白》の魔術師は胸の前で手の平を重ねる。

「ドュナイ・デュナミス──光よ、我が祈りに応えて、矢となれ」

そして、弓を引くように左手を前に突きだし、右手を肩まで引くと、そのあいだに銀色に輝く一条の矢が現れた。

「──汝は、千の夜を射貫く流星なり！」

解放された光の矢は一直線に飛び、並んでいた自動人形たちをまとめて貫いた。

「すご……」

前から順にくずおれていくミスリルナイトの残骸たち。

ハルカも俺も、その圧倒的な力の前に再び呆《ほう》けてしまう。

「新手がくる前に、いくわよ」

アリスは先頭を走り、突きあたる扉を再び破壊。

俺たちは、いくつかの座席や机のような物が並ぶ大部屋に入る。

「ここは……？」

「たぶん、この幽霊船の中枢部よ。船長室、っていえばいいのかしらね」

「わたしたちは、この場所を目指していたの？」

「さてね。けど、ひとまずミスリルナイトの追撃をとめることはできるはずよ」

アリスは手袋を外して、白い机に触れた。

天板の表面に、薄桃色に光り輝く魔術文字が踊るように現れる。

「ちょ、急いで。またむこうからくるわ」

「どんだけいるんだよ」

「この幽霊船を構成するミスリルで生まれているんだから、この船があるかぎりよ。さっき破壊したミスリルナイトの身体も、すぐに使われるのかもね」

「それって無尽蔵《むじんぞう》ってこと⁉」

「ちょっと、そのキンキン声はおさえて、集中できないから」

浮かび上がる魔術文字を眺めて、アリスは腕を組んだ。

「確実に、五百年以上前の魔術文字……すでにこれだけのものを完成させてたなんて……いえ、それよりも解読を優先しなきゃ」

　ぶつぶつとひとり言をこぼす背中を見て、俺は扉の破壊された船長室の入り口に立って、盾をかまえた。

　いつも守られてばかりだったが、今この時は、俺がアリスを守る番だろう。

「ハルカは奥にいってろ。ここは俺が死守する」

「一人で張り切らないで。魔術文字の解読は手伝えないけど、フレイルくんの援護くらいならできるわ。さっき助けてもらったお礼はちゃんとさせて」

「わかった……でも、無理はするなよ」

「それはお互いさまよ。ここまで見てる限り、セラフィムと契約してる天翔騎士《セラフィータ》も、わたしとそんなに変わらないじゃない」

　俺のこと、そんな目で見てたのか。

　生まれてからエイラを武器として使うことなどこれっぽっちも考えてこなかったが、たしかにセラフィムには、武器としての側面がある。クラスのみんなが俺に近づこうとしなかったのって、そういうところもあるのかもしれない。

「出たわ、この船の操作権限を得るための認証暗号」

　アリスが薄桃色の文字が浮かぶ机を指先で操作すると、船長室の最奥の、やはり真っ白な壁に、魔術文字が現れた。

「なんて書いてあるんだ？」

「『天国の門に刻まれし碑文を記せ』……天国の門？」

読みあげてから、《白》の魔術師は首を傾げる。

「地獄の門なら『この門をくぐる者は一切の希望を捨てよ』よね……この幽霊船が、聖フィリア教に関係するのならだけど」

ハルカのつぶやき。

禁書庫の入り口にも、それは書いてあった。

なにかしらの関係があるかもしれない。

腕を組んで考えこむアリスは、ひとり言のような調子で語りだした。

「ロドが登場する前……古代の詩人キュルケーは、著書『銀珠篇』の中で、こう書いていたわね。『天国を想像してみろ。想像できる限りの天国を。それが地獄だ。神と悪魔は常に同じ櫂《オール》を握っている』って」

「想像できる限りの天国が、地獄？」

「意味がわかるようでわからないわ」

「あたしは、想像力を失うな、考えることをやめるな……そういう意味だと思ってたわ。けれど、ここでこの言葉が出てくるということは……もっと、額面どおりに受け取っていいってことなのかもしれないわね」

考えているうちに、ミスリルナイトの群れが、船長室の前の通路に進入してくる。

俺は手に持った盾で部屋の入り口に蓋をした。

「アリス、あんまり猶予《ゆうよ》はないぞ」

力と数で勝る相手を前に、押しとどめておける自信などない。

ついに先頭の自動人形の間合いに入った。

盾が長剣の一撃を受けとめる。

「アリスッ！」

敵が二撃三撃と斬撃を重ねると、俺の腕は痺れて、すぐに盾を持っていられなくなった。

横から別の腕が伸びてきて、落ちかけた盾を支える。

ハルカだ。彼女は、気丈な横顔で俺を励ます。

嵐のごとき猛攻が一度やんだ。

盾の横から通路のほうをのぞき見ると、ミスリルナイトたちが距離をとって下がっている。

まずい、全員で体当たりを仕掛けてくる気だ。

あれだけの自動人形を、とても俺たちで受けとめきれるはずがない。

「ハルカ、もういい！　ここは下がって――」

すべて言い切る前に、金属と金属がぶつかり合うけたたましい音が通路に反響した。

船長室の外、突進しようとしていたミスリルナイトたちが次々と倒れて、動かなくなる。

「やった、のか……？」

俺たちはアリスのほうを見やった。

巨大な白い壁に、記号めいた魔術文字が並んでいる。

「解けたわ……『この門をくぐる者はもはや一切の望みを抱くことはない』――これが、天国の門の碑文よ」

《白》の魔術師は、「待たせて悪かったわね」と不敵な笑みを浮かべた。

「含蓄のあることをいってる気がするけど、なんか、どうでもいいわ……」

ハルカは床にへたれこみながら、深いため息をついた。

「含蓄というか、皮肉ね。一切の望みを捨てなければいけない地獄と、満たされて望みを抱くこともなくなる天国……どっちもそんなに変わらないっていってるのよ」

「詩人キュルケーだっけか、よく知ってたな」

さすが《白》の魔術師と称賛すると、アリスは満更でもなさそうに豊かな胸を張った。

「圧政者ロド以前の可能性があるってだけで、選択肢はだいぶ絞りこめるからね。キュルケーは、巷でエルフではないかといわれている詩人よ」

「エルフって、おとぎ話でしょ？《白》の魔術師が、そんな幼稚な存在を信じてるの？」

ハルカが笑いだしたのに対し、俺たちは肩をすくめた。

「な、なによその態度」

「こんな幽霊船に乗りこんでて、おとぎ話なんて笑ってるあなたがおかしくてね」

「そ、それとこれとは関係ないでしょ」

からかわれて、ハルカは唇をとがらせる。

「ということは……この幽霊船の真の持ち主は、エルフってことなのか？」

俺が質問すると、《白》の魔術師は首を左右にふった。

「そこまでは断定はできないわ……ただ、この子に訊けば、なにかわかるかもしれないわね」

アリスはその長い指先で白い机の上で踊る魔術文字をはじいた。

「この世界の秘密に触れる勇気はある？　《ダンテ》の禁書庫よりも、もっと危険なものを目の当たりにすることになるかもしれないわよ」

「ここで引き下がれるわけないでしょ」

「それもそうよね。もう引き返せないところまできちゃってるんだし。待ち受けるのが天国でも地獄でも、どっちも変わらないわ」

アリスが白い机の魔術文字を操作すると、壁に絵が浮かび上がった。

漆黒の闇に浮かぶ、青い、巨大な球体。

「これは……天涯？　この空の果ての光景に見えるわ」

「ということは、この青いのは……わたしたちの星、ってこと？　でも、きれい……」

「てか、ちょっと待てよ。絵が動いてるぞ！　なんだこれ」

「映像記録……古代の技術よ。これは、実際にあった光景だわ」

星の外縁部で火線が飛び交っていた。

無数の白き船団。陣形をつくって、正面の敵に対して光線を放っている。

そのバナナ形の船は、どう見ても今俺たちが乗っている船だった。

これは天涯での戦闘の記録だ。

そして、船が対峙する相手は……。

「いやっ！」

それが映った途端、アリスが悲鳴をあげた。

おぼつかない足取りで数歩後ずさったかと思うと、足を滑らせて尻餅をつく。

そのあまりにもらしくない動揺ぶりに、俺は彼女のもとへ駆けよった。

「大丈夫か？」

碧色の双眸が、不安げにこっちを見上げてくる。

顔は真っ青をとおり越して、白くなっていた。

アリスは肩を震わせて、俺の腕をつかんでくる。

「け、消したほうが、いいんじゃ……」

「だいじょうぶよ……ちゃんと、見られるわ」

白き船団が相手にしているのは、二つの異形の存在だった。

片方は、背に黒いコウモリのような翼を広げ、下半身は金の鱗が輝くヘビのそれとなった、女の怪物。

蜂蜜色の髪と碧色の瞳をした妖艶なる美貌はどことなく、アリスに似ている。

もう一人は、十二枚の金属の翼を生やした少女だ。

珊瑚色の髪を左右に結わえた愛らしい容姿とは対照的に、その表情はゆがみ、狂気を宿していることがはっきりとわかる。

彼女の左腕と両足は肉が痛々しく削げて、金属の骨格が露出していた。

「もしかして、セラフィム……？」

セラフィムと半身半蛇の少女は唇を重ねた。

舌を絡め、お互いの乳房の蕾をこすり合わせ、淫らに愛し合いながら、手を重ね、祈るような形に手を組む。

編みだされた魔術式が、漆黒の大空に魔法陣を生んだ。

魔法陣より迸《ほとばし》る閃光は、船団を呑みこみ――。

そこで一度、映像は途切れた。

なにを見たのか？　なにを見せられているのか、理解できない。

次に映しだされたのは、たった今船団を壊滅させた二人の少女の、別れの場面だった。

星々と碧月《あおつき》が浮かぶ漆黒の空を背景に、傷だらけの少女たちは、再びキスをして、ゆっくりと離れていく。

セラフィムと思しき珊瑚色の髪の少女は、骨だけの膝を抱《かか》えて丸まる。

背中に広げた十二枚の金属の翼は、繭のごとく彼女の身体を包みこんでいき……。

紅く輝く月となる。

夜空に輝く碧と紅の、二つの月。

俺たちが何気なく夜空を見上げればいつもそこにある光景が映しだされている。

次に半身半蛇の少女がむかう先は、地上だった。

大気との摩擦熱にその身を焼かれながら、巨体は為す術なく地上に激突する。

激震する大陸。

その地にあったあらゆるものは粉々に砕け散って、茫漠たる砂漠となった。

少女はその中心部で翼を閉じ、蛇の下半身はとぐろを巻いて眠りに就く。

「わたしたちの大陸と同じ形……あそこって、《闇の大地》がある場所よね」

ハルカがつぶやいた。

「ああ……ということは、今のが古代神リリス――」

俺の言葉をさえぎるように船内がゆれた。

壁の映像が途切れて消え、耳を聾《ろう》するような轟音とともに、船長室の天井に亀裂が走った。

船全体に強い衝撃が加えられているのだろう。

砕けた金属片が俺たちの頭上に降り注ぎ、天井に巨大な穴が穿たれて、太陽光が射しこむ。

「お遊びは、そこまでダ」

青空を背景に、天井の穴からこちらを見下ろしていたのは、白銀の鱗の竜人《ドラゴニュート》だった。

「ロウラン……！」

未だ俺の腕に抱きすくめられたままでいたアリスが、その名を呼ぶ。

「まずいわ、今ここで攻撃を仕掛けられたら」

《白》の魔術師は外していた手袋を嵌めて立とうとするが、腰が抜けたように起きあがれなかった。顔色は真っ白なまま、額に汗を浮かべて、呼吸も荒い。

あの映像は、アリスをここまで追い詰める内容だったのか。

「アタシもいるぞお！　ったぁくう、勝手なことしやがっておまえらぁ！　十日間幻獣舎の掃除当番だからなあ！」

ロウランの横からひょっこりと顔を出したレグリッド先生。

「大丈夫だ……ハルカもレグリッド先生もいるんだし、ここで攻撃されることはない」

手を組んで魔術式を編みだそうとするアリスの前に、ロウランが降り立つ。

「まったく、セルバリスの孫娘を連れていナければ、忌々しき宙船《そらふね》ごと消し飛ばして終わりにできたものを……君は本当に運がいいナ、グレイ＝フレイル」

感情の読めぬ黄金の瞳が、冷徹に俺を見下ろした。

昨夜、雷撃を撃った時と同じ瞳だ。

アリスは、間違っていなかった。ロウランは本当に、隙があれば俺を消そうとしている。

「さて、まずはナにを見たのか、話してもらうぞ」

竜人の学院長は、長大な杖の先を俺たちにむけて、そういった。

7　バザールでの安息

結論から先にいうと、俺は殺されなかったし、十日間の幻獣舎の掃除当番もなかった。

代わりに学院から言い渡されたのは、十日間の寮部屋での謹慎。

あのあと、俺たちはすぐに幽霊船の外に出された。

謎の白き飛行物体は姿を消して、学院内は騒然となったという。

なぜ伝聞表現なのかというと、実際に幽霊船が消えるところを見てはいないからだ。

俺は窓もない西校舎の地下にある懲罰房で尋問を受け、反省文を書かされた。丸二日をそこで過ごし、十日間の謹慎処分を下され、男子寮の自室に戻れたのが昨日のことだ。

別の懲罰房に入ったアリスたちとは、あれ以来顔を合わせていない。

二人はどうしているだろうか？

そんな不安と、幽霊船の中で遭遇した数々の疑問が延々と頭の中をめぐり続けて、俺は無為に時間を浪費している。

「なんで、生きてるんだろう……？」

懲罰房にいるあいだ、ロウランが殺しにくるのではないかと、ずっと身がまえていた。

あの二日間は俺の口を封じる絶好のチャンスだったはずだ。

なのに何事もなく生きているということは……。

なんらかの手段でアリスが守ってくれていた、ということなのか……？

「ご主人さまぁ〜」

「うおおっ！」

することもなくベッドの上で寝転がっていた俺に、銀髪のセラフィムメイドが甘ったるい声を発して抱きついてくる。

「抱えこむのはよくありませんよぉ。もやもや悶々したものはぁ、すぐに発散しませんとぉ」

首に手をまわし、その柔らかな胸の谷間を頭に押しつける。

「離れろ」

「駄目ですよぉ！　放すとご主人さまはすぐ危険なことをなさるんですから。もう一生、エイラはご主人さまを放しません。とくにすることもありませんし、ここは敬虔《けいけん》な聖フィリア教徒として奇跡に励みましょう。日がな一日、奇跡三昧ですよぅ」

「三昧じゃ奇跡もありがたみないな……」

俺のつっこみも聞かずに、エイラは服をはだけてじゃれついてくる。

こういった誘惑は日常茶飯事なので、俺は取り乱すことはない。

それどころか、昔からかぎ慣れたエイラの甘いミルクのようなにおいに、焦れる気持ちはわずかばかりでも慰められてしまう。

この不思議なにおいは、セラフィム特有のものなのだろうか？

他の人型セラフィムのにおいを意識してかいだことはないので、わからなかった。

セラフィムと、その主人である天翔騎士《セラフィータ》は運命によって引き合うと聖フィリア教会は語る。

記憶に蘇るのは、幽霊船で見たあの映像だ。

愛し合う異形の二人組。

一人は《紅月《あかつき》》となり、もう一人は地上に墜ちた。

あれが、この世界の真実なのか？

「ご主人さまぁ、ちゅーしましょ、ちゅー。もうずっとご主人さま成分が不足してて、こうやってひっついてるだけじゃ我慢できません。いいですね？　しますよしますよぅ」

唇を奪われそうになるのを逃れて、頰にキスされる。

俺のことをぎゅうっと抱きしめながら、エイラは満足げだ。

「暑苦しいって」

暦の上では夏も終わりだが、まだまだ蒸し暑い日々が続いている。

その時、窓のほうから物音がした。

なんだろう？　特に警戒もせず窓を開けて下をのぞきこむと、投石が顔面に直撃した。

「ぐぉあああっ！」

のけぞり返って床に倒れ、鼻っ柱を押さえながら悶え転がる。

「あら、すぐに顔を出したわ。てっきり、エイラとくんずほぐれつの奇跡をしてて、すぐには出てこないと思ってたのに」

聞きおぼえのある声がした。

俺はすぐさま起き上がって、窓の外へ身を乗りだす。

男子寮の裏庭に立っていたのは、金色の髪を頭の左右で結んだ碧眼の美少女。

そして、艶《つや》やかな黒髪を腰まで伸ばした清楚可憐なクラスメイトだ。

「アリス、ハルカ！　無事だったのか！　ど、どうしてたんだ？」

「どうしてたって、処遇は君と一緒よ。十日間の謹慎処分」

「アリスのほうは《ダンテ》に出入り禁止を命じられて、今はわたしと同じ寮部屋にいるけどね……と、それよりも大丈夫？　鼻血でてるわよ？」

二人が無事とわかれば、鼻の痛みなどどうでもよくなった。

俺は胸をなでおろして、次の質問をする。

「謹慎処分中なのに、どうしてそんなところにいるんだ？」

「決まってるでしょ――」

《白》の魔術師は腰に手をやり、傲然《ごうぜん》と言い放った。

「お腹が空いたからよ！」

狙い澄ましたようなタイミングでくぅうと鳴るお腹の虫が、こっちまで聞こえてくる。

「悪いけど、こっちも食い物の備蓄はないぞ」

俺たちの食事は朝夕二回、寮監が運んでくるものしかない。

エイラは俺と離れればなれで自由の身となるか一緒に謹慎するかの二択を迫られて、後者を選んだため、得意のお菓子作りもできないでいた。

「そんなことは百も承知よ」

「じゃあ、どうするんだ？」

「もちろんいくわよ、学院の外に！」


エイラの身体能力とアリスの魔術があれば、学院の塀など、あってなきがごとしだった。

宗教都市の厳かな区画とは反対側にある、騒々しくもにぎやかな目抜き通り。

行き交う人々は大陸中から集まった聖フィリア教徒の巡礼者や観光客、彼ら目当ての商人などだ。道の両脇には露店が軒を連ね、かいだことのない香辛料や花のにおいがする。

「大盛況だな……普段はこんなに人はいなかったろ……」

一般の学生も届けを出せば学院の外に出られる。俺もこれまで何度かロザディアの繁華街を見物したが、通りにここまで人がいるのは初めてだ。

「今日はバザールの日だもの。出店目当ての観光客だって集まるのよ」

幼い頃からロザディアで生まれ育ったハルカが教えてくれる。

「ロザディアは学問の都にして、芸術と文化の都よ。この華やかさは、帝都ラングリムにだって負けないんだから！」

自分の家は嫌いだといいながら、やはり故郷の町並みには愛着があるらしい。

祖父の呪いを恨んでいても、のどかなウェンレルの土地を愛している俺と同じだ。

「けど、本当によかったんだろうか……？」

賑やかな祭りの雰囲気にわくわくする一方で、尻込みする気分もあった。

「いかがされましたか、ご主人さま」

「仮にも謹慎処分の身だろ？　こんなところにきてよかったのかなって……」

「そ、そんなこと今更じゃない！」

ハルカも、自身の立場を思い出して動揺した。

その態度から、今のこの状況はアリスが仕組んだものだと判断する。

「心配しなくても平気よ。ロウランもこの程度のことは予想してるだろうし、ロザディアの外にさえ出ようとしなければ、とがめられはしないわ」

「いや、すでに今とがめられてるんだよな、俺たち……それに、人混みに紛れて、襲われたりする可能性も……」

「それなら、今すぐどうにかされるってことはなくなったから安心して」

「ロウランたちに生命を狙われる心配はなくなったってことか？」

嬉しい知らせだが、アリスの話を聞く限り、そんな簡単な状況ではなかったはずだ。

あの幽霊船の中でも、隙があれば俺を葬っていたという竜人《ドラゴニュート》の言葉を聞いている。

「ええ、取引は成立したわ。もともとロウランは熱心な聖フィリア教の信者じゃないからね。あいつの至上命題は、魔法学院が人類と竜族の融和の拠点として結実することだけ。その手段として、聖フィリア教の統治安寧を守っているの。グレイが禁忌に触れたことについて、その行為自体は特になんとも思ってないから」

交渉の余地は、あったってことなのか。

「なにが交渉材料になったんだ？」

「あの幽霊船について、見たものをすべて話したわ。あの船については、竜族もほとんど関知していなかった。きっと、千年以上昔のものよ」

「千年……？　聖フィリア教が語る歴史の、さらに五百年前……」

傍らで聞いていたハルカがうなった。

「それと、グレイとあたしが《ダンテ》について口をつぐむこと。もうあたしも君もあそこには踏みこめなくなる。君については、たぶん来年、適当に理由をつけて学院の外に追い出されることになるでしょうね」

「退学ですねぇ。去年、あんなに頑張って勉強をしましたのに」

エイラに肩を叩かれてなぐさめられた。

まぁ、落としどころとしては、そんなところになるのだろう。

聖フィリア教会につけ狙われて、殺されるよりはましだ。

「ロウランは今頃、抜け道のない超強力な《誓約《ゲッシュ》》を用意している頃でしょうね。破ったら速やかに相手の命を奪う呪いよ。そういうわけで、グレイの呪いを解くことはできなくなったわ。協力するっていったのに、ごめんなさい」

アリスは、俺に頭を下げて謝罪した。

あわてて首を左右にふる。

「頭を上げてくれ。俺はアリスにしてもらってばっかりで、非難する資格なんかない。こっちこそ、俺なんかのために、余計な面倒をかけて悪かった」

「あたしは一から十まで、自分のために動いただけよ。君はあたしを買いかぶりすぎてるわ」

「そんなこと」

「いい加減にしなさい」

アリスと俺のあいだにハルカとエイラが割りこんできた。

「ハルカさんのいうとおりですよ。周りの邪魔になるどころか、すでに大道芸と化しています」

指摘されて気づいた。俺たちの周りには人の輪がつくられ、熱い視線をむけられている。

「修羅場だわ！」

「可愛い女の子を三人もはべらせやがって、クソ野郎め！」

「どの子を選ぶんだよー！」

「一人わけてくれぇっ！」

うわぁ、はずい！

魔法学院の制服は目立つからわざわざ私服に着替えてやってきたというのに、これではなんの意味もない。

俺たちは人垣をかき分けて、あわててその場を離れた。

二区画を駆けぬけて、少し寂れた路地裏で一息つく。

「まったくもぅ……あなたたち二人とも、すぐに周りが見えなくなるんだから、わたしがついてないと駄目よね」

そんなことを、なぜかうれしそうにハルカはつぶやく。

「幻獣騎乗術の授業で暴走しまくっといてなにいってんだか……」

「あら、でもわたしがいたおかげで、幽霊船でフレイルくんは殺されずにすんだんでしょ？」

む……そういわれるとたしかに、彼女のおかげで俺は命拾いしたのか。

「……助かった。ありがとうな」

「お礼なんていらないわよ。わたしたち、友だちでしょ」

朗らかな笑みで宣言する黒髪のクラスメイトに、唐突に俺の視界は潤んだ。

こんな面倒なことになってしまったが、俺は友人を求めていただけなのだ。

ここ数日間の死ぬような思いが、急に報われた気がした。

「ちょ、な、なんで泣きそうな顔してるのよ……！　わたしなんかまずいことといった？」

取り乱すハルカ。アリスはその横でくぅうと鳴るお腹を押さえる。

「走ったら余計にお腹が空いたわね。なにか食べましょう」

「おまえはちょっとは空気読めよ……」

つっこみを入れる俺は、しかし、幸せをかみしめてしまっていた。


「少しバザールを見物できるかな」

アリスのご所望で腹ごしらえを終えた後、俺は提案する。

謹慎中の身分であるという自覚はあれど、来年にはこの場所を立ち去らねばならなくなる……そう思ったら、いろんなものを見ておきたかった。

「いいんじゃないかしら。さっきもいったように、もうロウランのことを気にする必要はないし、今こうしていることも、見て見ぬふりをしてくれると思うわ」

アリスの言葉に、情けない思いが湧きあがる。

俺が懲罰房に入れられなにもできないでいるうちに、彼女は一人ですべての問題を解決に導いてしまっていたのだ。

俺は、結局どこまでも彼女に頼りきりで、事件の渦中にいながら、流されていただけだった。

いや、《白》の魔術師であるアリスに対して、いち学生でしかない俺が無力であることを嘆いてもはじまらない。仮に彼女と出会ったところまで時計の針を戻せたとして、状況がよくなるという気もしなかった。

「ハルカも、いいか?」

「ええ、二人とこうしていられるうちに、思い出をつくっておきましょ」

一抹のさみしさをにおわせる笑みを浮かべながら。

その横顔を見つめて、エイラが感じ入ったようにつぶやく。

「ハルカさんは、とても素敵な淑女でいらっしゃいますねぇ」

「な、なにを急に……ま、まぁ、ほめられて悪い気はしないけどっ」

「ええ。あたしも少しだけ、シモンズが惚れこむのも無理はないかなと思ったわ」

珍しいアリスの称賛に、照れつつもにやけていたハルカが途端に口をへの字に曲げた。

「あの人の名前は出さないで」

「またケンカしたのか?」

「ケンカにすらならないわよ。あの人ってば、懲罰房に会いにきてくれたと思ったら、わたしを崇めたてまつって、フレイルくんやアリスの悪口ばっかりいうんだから。モテるくせに、女心はからっきしなのよ」

「わかった、悪かったよ。今日は思う存分、気分転換しようぜ」

おかんむりのハルカをなだめつつ、人の多い往来を四人で歩く。

ここでこうして怒るということは、やはり彼女はシモンズのことを憎からず思っているということだろう。

「やぁ、お嬢ちゃんたち、せっかくのバザールなのにケンカかい？　せっかくの美人がもったいない！　どうだい？　安くしておくよ」

アクセサリーを並べた露店の店主に呼びとめられる。

「せっかくだし、見ていきましょうか」

「ああ、そうだな」

机の上に敷いた敷き布の上に、色とりどりの石がはめこまれたネックレスや指輪、ブレスレットなどが、整然とならべられている。

しかめっ面のハルカは、水晶がはめこまれた金のブレスレットを手に取った。

「おっと、可憐なお嬢さん、そいつを選ぶとはお目が高い。それは俺がサマルガンドの砂漠の中で見つけた黄金の腕輪さ。真ん中の宝玉は魅了の魔法がかかっているから、意中の男がいるならそいつを使えばすぐにでも仲良くなれる――」

「ガラス玉ね、これ」

「腕輪の部分も、ずいぶんと混ぜ物が多いですね」

ハルカとエイラは、そろって肩をすくめた。

「な……目の肥えた貴族のガキかよ……商売の邪魔だ。あっちいってくれ」

　無精髭を生やした店主は、迷惑そうにしっしっと手をふる。

「帝都であった皇帝暗殺未遂の影響かしらね……懐の深いバザールとはいえ、ロザディアでこんなやつが商売をしているなんて、冬の時代だわ。状況が状況でなければ、営業許可証を出させて組合長に突きだしてやるのに」

「まぁ、今は騒ぎを大きくしないほうが、いいでしょうね。次にいきましょう」

「アリス、どうした？」

　金髪の少女は、露店の前に立ち尽くしたまま、無言で一点を見つめている。

　彼女がなにを見ているのか、視線をたどると、そこにはグリフォンの意匠を浮き彫り《レリーフ》にした指輪があった。

　それを見て、矛を収めようとしていたハルカが、再び目くじらを立てる。

「な——こ、こんなものまで！　あなたねぇ、ここは聖フィリア教の総本山なのよ！　にもかかわらず、不浄の生き物であるグリフォンの意匠のものを売るなんて」

「落ち着けって。学院には本物のグリフォンだっているんだから、いいじゃないか」

　何度もその背に乗ったおかげで、グリフォンの評価は学院にきてからかなり高まっている。

　しかしそれは俺に限った話であり、敬虔《けいけん》な聖フィリア教徒にとってグリフォンが「悪魔の使い」であることに変わりはない。

通りを歩いていた人々も、騒ぎを聞いて足をとめだした。

彼らからむけられる奇異の視線に、店主は震え上がる。

「こ、これは……なんか妙な男にもらったんだよぉっ！」

「妙な男？」

「ああ……自分のことを、アベルって、名乗ってやがった」

アベル。

男がその名を口にした瞬間、より一層、周囲がざわついた。

ハルカの瞳の鋭さも、これまでの比ではない。

「え？　な、なんだよ……」

「あなた、ここに潜りこむのならば、もう少し聖フィリア教のことを知ってからにしなさい」

「は、はぁ……？　あ、アベルってやつは、一体——」

「反逆者の名を口にするな！」

露店の店主にむかって、往来にいる誰かが石を投げつけた。

エイラがすばやく動いて、手の平で受けとめる。

男にとっては想像を絶する事態なのだろう。

「ひいいっ！」と大仰な悲鳴をあげると、慌てて荷物をまとめて走り去っていった。

「不愉快な男だわ！」

遠ざかっていく背中に、ハルカが吐き捨てる。

「おまえも落ち着けよ。聖書を読むなり教会に通うなりしなきゃ、アベルの名前が禁忌だって知らないまま大人になるやつもいる」

我が故郷の領民もおそらく半数はそんなこと知らないし、意識もしていない。

この苛烈な反応はロザディアという土地柄と、そこで育ったハルカだからだ。

「フレイルくんまで……やめてよ。そんな名前、聞きたくもないわ」

アベル……その男は、聖フィリア教の経典の中に、始祖王カインの弟として伝わる。

カインは圧政者ロドを倒した最初の英雄だが、アベルは兄を裏切りロドに与《くみ》した。

悪に魅入られ、正義を売り渡した、最初の反逆者。

語り継がれる裏切り者の最期は無惨なものである。

王と仰いだロドに見捨てられ、孤立無援の状態でカインの軍団に挑み死んだ。

その時、アベルが駆っていたのが一頭の白きグリフォンであり、以後、グリフォンは聖フィリア教で不浄の生き物として忌避されるようになった。

白き単色のグリフォンはアベルの象徴であり、聖フィリア教に異を唱える者たちの密かな旗印にもなっていると聞く。

「ん……」

不意に、露天商の男が走り去っていった後の石畳の地面に、アリスが手を伸ばした。

拾い上げたのは、先ほど彼女が見つめていたグリフォンの指輪である。

「どうやら、慌てて落としたみたいね」

「ちょっと、変なもの拾うのやめてよ。縁起でもない」

「けど、少し気になるのよね、この指輪……」

アリスが指輪をポケットの中に入れると、ハルカは顔をしかめた。

「天才の考えることはよくわからないわ」

「まぁ、そこまでにしようぜ……そういや《流天《るてん》の騎士》になった妾腹の第三皇子は、アルヴェールっていうらしいけど、なんでそんな変な名前にしたんだろうな?」

殺伐とした場の空気を和ませるために、俺は話題をいささかずらした。

「神から賜ってる皇族の地位を蹴って《流天の騎士》に落ちるなんて、ろくな男じゃないわね」

「でしょうね」

憤慨するハルカに、アリスがくすりと笑った。

「あの女が選んだ男なんて、ろくなやつじゃないに決まってるわ」

「あの女……?　アリスはアルヴェールのことを知ってるのか」

「知っているといえば知っているし、知らないといえば知らないわね」

「なんだよその、思わせぶりな言い方」

俺は追及するも、《白》の魔術師は謎めいた笑みを浮かべるだけだった。

「アラクーン商会の出店があるわ。あそこはバザールの常連だし、品も信頼できるわよ」

ハルカに腕を引かれて俺たちは、はす向かいの出店をのぞく。

女性ものの衣料品を取り扱っており、たしかに品の良さそうな服が並んでいた。

「アラクーン商会って、どっかで聞いたことがあるような気がするんだけどなぁ……」

「ご主人さま、こちらのワンピースをご覧下さい。タグに金糸で羊の刺繍《ししゅう》がしてあります」

金色の羊の刺繍は我が故郷ウェンレルの羊毛を使っている証だ。

ふわふわで暖かみのある生地は、俺にも馴染みのある感触だった。

「こんなところでウェンレルのものに会えるなんてな……せっかくだし、なんか買っていくか」

「身内びいきがひどいわね……まぁでも、せっかくだしフレイルくんが選んでくれるなら、それを着てあげないでもないわよ？」

ハルカは露店の裏手に設けられた簡易の試着室を指さした。

「そっか……けど、服とか気にしないからなぁ……」

「ご主人さま、いっつも服はエイラにお任せですからねぇ」

今、アリスとハルカが着ているのは、どちらもお嬢さま然としたブラウスとスカートだ。袖口や胸元などにフリルやリボンがひかえめに飾られていて、上品な印象を受ける。

《ダンテ》を追い出されてアリスはハルカの部屋に厄介になっているらしいから、十中八九、ハルカの私服なのだろう。アリスは少しだけ胸元が苦しそうだ……。

「ちょ、ちょっとくらいなら、こういう大胆なのを着てあげてもいいわよ？」

ハルカが胸元を強調するようなキャミソールを選んで見せてくる。

「いや、でもこれ、ウェンレルの羊毛を使ってないじゃないか」

「いい加減に羊から離れなさいよ、この羊頭《ひつじあたま》！」

「ご主人さまが一番興奮なさるのは、羊の着ぐるみかもしれませんねぇ」

「やっぱり動物相手に聖槍で光堕ちさせるのね！　変態！　この《寝取り王》！」

「意味がわからないし、寝取ってもないだろ」

エイラとハルカの非難の視線から逃れるべく、アリスに救援を求める。

彼女は色とりどりの服を前に、引きこまれるように見入ってた。

「アリスは……どうしたんだ？」

「いえ、あたしも着るもののことなんてろくに意識したことがなかったから……今さらながら、いろいろと種類があるんだなって」

「素材がいいと、なに着ても様になりますからね。まぁ、エイラも負けてませんけど！」

意味もなく張り合う銀髪のセラフィム。ハルカも、あいだに入ってくる。

「なにを着ても似合うくせにお洒落を楽しんでないなんて、美人としての務めを怠ってるようなものよ。大いなる美には大いなる責任が伴う。わたしが敬愛する叔母の言葉よ」

「家柄で押しつけられる役目がいやとかいってなかったか？」

「お洒落は楽しいからいいのよ……やっぱり、ジャーマルの田舎領主の息子の感性はあてにはできないわね。ここは自分で道を切り拓くしかないわ。いくわよ、アリス」

「え？　あ、あたしは別に……」

「わたしの服着て第二ボタンを吹っ飛ばしそうにしながらなにいってるの。今のあなたを見ていると、わたしが惨めになるんだから」

ハルカはアリスの手をつかんで、服を物色しはじめた。

あの《白》の魔術師が珍しくされるがままになっている。

「ふーん、やっぱりいい身体してるんだから、露出は多いほうがいいわよね？」

「ち、痴女みたいな服を着せて、笑いものにするつもりじゃないでしょうね」

「大概の服を着こなせてしまうあなたがいうと、嫌味よそれ」

やり取りをする二人を、俺とエイラは遠巻きに眺める。

「エイラはいいのか？」

「ええ。アリスさんは平気とはいっていましたが、さすがに今ご主人さまを一人にはできませんし。それに」

「それに？」

「エイラは、ご主人さまが一番お喜びになるのはショーツとソックスだけを残して、あとはなにも着ていない状態だと承知しておりますゆえ」

「周囲に余計な誤解を与えかねない発言はつつしんでくれ……」

服を選んだアリスとハルカは、一緒に試着室に引っこむ。

俺はエイラと外で待っていると、思い掛けない人物に出会った。

「おんなのてきぃ！」

「ぐぉおっ！」

突然、脛に鋭い衝撃が走って視線を下にやる。

見覚えのある金色の髪と、真紅の瞳の幼い少女がそこにいた。

「おまえは……ルチル、だっけ？」

アリスが学院に編入してきた初日、昼休みに屋上で一人佇んでいた姿を思い出す。

「あら、こんなところにどうしたんですか？」

面倒見のいいエイラがルチルに視線の高さを合わせて尋ねる。

少女は、可愛らしく小首を傾げながら告げた。

「ママはどこ？」

「それはこっちが知りたいんだけどな……」

相変わらず会話が成立しない。このくらいの子なら、もう少しちゃんと話せると思うが。

「前に会った時はアリスさんのことをママと呼んでいたような気がしますが」

「そういやそうだったな……アリスのことを探してるのか？」

「ママはママだよ」

「なかなか強情なやつだな……ちょっと待ってろよ。今ママはあっちでお着替え中だから」

「あそこにママがいるの!?」

居場所を聞くや、ルチルは試着室の中へと飛びこんでいく。

仕切りのカーテンがめくれた瞬間、今まさに服を脱ぎにかかっている二人が視界に入った。

「ママーッ！」

「あれ、あなた……ルチルちゃん？」

「ちょ、服脱いでるところに抱きついてこないの！」

「これはフレイルくんの差し金ね？　紳士ぶってるくせして、むっつりめ……」

「俺は関係ないぞ!?」

カーテン越しの声に反論すると、カーテンの隙間からアリスがにゅっと顔だけ出した。

「嘘。さっき、チラッと着替えているところ見てたでしょ」

そ、それは……。

「なんだかよくわからないけど毒を食らわば皿までね。エイラさん、ルチルちゃんに似合いそうな服を見つくろってくれる？」

続いてハルカがにゅっと顔を出し、面白がっているのかルチルもそれにならった。

愛らしい美少女の顔が三つ縦に並んで、なんだか妙な絵面だ……。

エイラがハルカの指示に従い、服を届ける。

ほどなくして、三人の少女が試着室から出てきた。

その光景に、俺は言葉を失ってしまう。

「ふふ、どうよ」

先頭に立つハルカは腰に手を当てて、得意げに胸を張った。

「お三方とも、とてもお似合いですねぇ」と、エイラは能天気な感想を述べる。

「どうよって……なんだって夏も終わろうって時期に水着なんだよ……」

そう……なぜか三人が着ているのは、白い肌を惜しげもなく露出した水着なのであった。

「フレイルくんのその鼻の下を伸ばしただらしない顔が見たかったからに決まってるでしょ」

指摘されて、顔の下半分を手で覆う。

たしかに俺は、ニヤけてしまっていた。

アリスもハルカも美貌の持ち主であることはもちろん、胸は大きく腰はくびれて俺にとっての理想的な体型をしている。この状況でニヤけないでいることなど不可能だ。

「それで、感想は？」

「感想って……いや、よく似合ってるぞ」

「もう少し気の利いたことはいえないの？」

唇をとがらせてずいと詰めよってくるハルカは、大胆な白い水着に身を包んでいた。思わず引っ張りたくなる頼りなさげな飾り紐以外、余計な装飾がないのは、彼女の自信の表れだろう。

アリスは透きとおる生地の腰布を巻いているが、水着そのものの布面積はハルカよりもさらに狭そうだ。黄金の髪と雪白の肌に映える黒い水着は左右非対称で、彼女のどこか放っておけなくなる魅力を引き立てている。

ほっそりとした長い手足。水着からこぼれ落ちそうな胸や、腰布越しに透けて見える太ももなど、俺の視線は彼女の身体の上を何度も往復してしまう。

「ちょっと、あんまり視姦しないでくれる」

アリスが頬を赤らめて胸元やお腹のあたりを隠した。

その仕草に、脳天を殴られたかのような衝撃をおぼえる。

あの、俺の呪いを調べるために、恥ずかしげもなく胸を触らせた《白》の魔術師が、恥じらっている、だと……!?

「その顔、なにを考えているのかわかって、腹が立つわね」

「俺の考えていることがわかってるなら、それはこちらばかりの責任でもないと思うが」

「あの時は研究のためでしょ。意味もなく往来から見える場所で水着に着替えるような真似《まね》をするのは、さすがに恥ずかしくもなるわ」

「ようするに自分で主導権を握ってる時は平気だけど、相手からされるのは弱いってことか」

「そ、そそそそうはいってないでしょ」

たしかにそうはいってなかったのだが、顔を真っ赤にして動揺している姿は肯定しているようなものだった。

《白》の魔術師は攻められるのが苦手という新たな発見に、胸躍る。

「うがーっ」

ルチルが吠えながらあいだに入ってきた。

桃色のスカート状のフリルがついた水着は、歳相応の愛らしさでとてもかわいらしい。

「ママ！　ひっぱったら、みずぎのひもがほどけちゃった。なおしてー」

子どもではあるが、彼女の裸が周囲の人々の目に触れないように、俺とエイラで陰をつくる。

「誰が、ママよ……しょうがないわね」

アリスは足元にすがりつくルチルの水着をなおす。

「こうしてみると、髪の色が似てますし、本当の親子に見えなくもないですね」

「そんなわけないでしょ。あたしは性行為も出産経験も皆無よ」

「パパはどこにいるのって訊いてみればいいんじゃない？」

ハルカがそう提案して、ルチルに尋ねた。

「パパはね、あっちにいるの」

一瞬、俺は幼い少女に指されたのかと思って、ドキッとする。

ハルカもエイラもぎょっとしたが、示しているのは俺ではないことにすぐに気づいた。

「空……」

まばらな雲が陽光を受けて輝く青空を見上げ、それが意味するところは要するに、死んでしまった、ということだろうか。

ハルカとエイラも同様の答えに行き着いたようで、感傷的な、しんみりした表情を浮かべる。

しかし、アリスは違った。

「そう……そういうことなのね」

ルチルの金髪をなでてやりながら、《白》の魔術師は遠い目をする。

「ママ、おふねのなかで、みてくれた?」

少女は、無邪気な笑みを浮かべて問いかける。

おふね……そういえば、ルチルは出会った時にもいっていた。

――んとね-……ルチル、はやくおふねがこないかなって、まってたんだよ?

はたと気づかされる。幽霊船が現れたのは、彼女と出会って少し経ってからだ。

「パパはね、まってるよ、ママのこと。ずっとずっと、まってる」

ルチルの声は、聞いたものの背すじを凍りつかせるような、無垢な暴力性を孕《はら》んでいた。

「ルチル、ちゃん……?」

「おまえ、一体……」

「ママ、こんばんむかえにいくから、あのばしょでまっててね」

「あの場所？」

「とぼけなくても、わかってるでしょ。ママがじゆうになれるほんがあるところ」

じゆうになれるほん……自由になれる本？

「なにをいっているんだ？」と質問をするよりも早く、ルチルの唇が動いた。

およそ人の言葉とは思えぬ、かん高い動物の鳴き声のようなそれは、口にした直後、幼い少女の身体を光で包んで、目の前から消してしまった。

「な、なんなの……」

ハルカが眉間に皺《しわ》をよせて戸惑う。

あたりを見まわしても、ルチルの姿を見つけることはできなかった。

アリスは瞑目し、自身を落ち着かせるように長い深呼吸をする。

ルチルの頭をなでていた手が、虚空で震えていた。

「アリス……大丈夫か？」

「ええ……けど、大事をとって、もう部屋に戻ることにするわ」

「しょうがないわね……」

「戻るのは、あたし一人でもいいわよ。ハルカもグレイも、もう少し遊んでたいでしょ？」

アリスが掠《かす》れ声で告げると、ハルカは眉間の皺を倍に増やした。

「あのね……そういう友だち甲斐のないことをいうと、本気で怒るわよ？」

8　再び《ダンテ》へ

寮室の窓から見える空は群青色に染まり、ちらちらと星が瞬きだしていた。

すでに《紅月《あかつき》》は東の空に姿を現し、もう少しで《碧月《あおつき》》も昇る。

俺は昼間のことをとりとめもなく思い出しては、歯がゆい気分を味わっていた。

あのルチルの言葉と、アリスの動揺ぶり。

帰り際、ハルカは三人分の水着を買おうとして、アリスにとめられた。

「ルチルの分は必要ないし、そもそもあたしはロザディアの外に出られないんだから、水着なんて意味がないわ」

アリスの体質の話を聞いてハルカは驚いていたが、それでも制止をふり切って購入していた。

「ロザディアに水泳ができる施設をつくればいいのよ」と宣言して。

ハルカは、とても魅力的な女の子だ。

彼女に誘われて一時の過ちを犯していたら、きっとこのことには気づけなかっただろう。

俺は、今この瞬間を肯定したい。

たとえ苦労して入学したこの学院をほどなく去ることになっても、この数日間の思い出はきっと一生残ると思う。

しかし、胸騒ぎがとまらない。

こんばんむかえにいくから、というルチルの言葉。

怯えたように見えたアリスの横顔が、まぶたの裏から消えない。

「ご主人さま、あまり《紅月》の光を浴びるのはよくないですよ。あれは、昔から魔障の光といわれています」

「ああ……って、なんでいちいち腕に抱きついてくるんだ？」

俺に寄り添い、腕に抱きつくエイラ。

彼女の柔らかなふくらみが二の腕にあたる。

「ご主人さまには、こうしてあげる女の子が必要だからです」

「……自分がそうしたいだけじゃないよな？」

「そうでもありますが」

ちろりと舌を出して、肩に頭を預けて甘えてくる。

生まれた時から変わらぬ姿で側にいて、世話をしてくれる彼女は、もはや人生の一部だった。

俺は今、彼女に寄り添われて、心底ほっとしてしまっている。

きっとこれからも、エイラはいつでも側にいてくれるのだろう。

「アリスは、きっとまだ、俺にいってないことが、たくさんあるんだよな」

「女性に秘密はつきものですが、彼女は特に大きな秘密を抱《かか》えていそうですね」

「アリスにも、側にいてやらなきゃいけない誰かが、いるんじゃないか？」

「人は誰でも一人では生きてはいけませんからね」

「俺じゃあ、無理かな？」

この数日間、彼女は俺のことをずっと守ってくれていた。その恩を返したい。

アリスの力になりたいと、強く思った。

コンッと、窓になにかがあたる音が響く。

俺は、これを待っていて、窓辺に立っていたのだと今さら気づいた。

慌てて窓を開け放ち、下をのぞきこむ。

二つ目の投石が、俺の額を直撃した。

「うごぉあっ！」

「あ、ごめ――って、学習しないわね！」

「お互いにな！」

怒鳴り返した先――男子寮の裏庭には、一人の少女が立っていた。

月光を浴びて艶めく長い黒髪。

「って、それどころじゃなかったわ。下りてきて。アリスが消えちゃったのよ！」

ハルカ＝セルバリスの要請に応えて、俺とエイラはすぐさま男子寮の裏庭に降り立った。

彼女は慌てながらも簡潔に要点を説明する。

バザールから帰ったあと、《ダンテ》に立ち入りを禁じられているアリスは、ハルカの部屋に戻った。

放心したような彼女をハルカは注視していたが、少し目を離した隙に消えていたのだという。

「すぐに帰ってくるかもしれないって、ちょっと待ってたんだけど……やっぱり、フレイルくんも知らないのね。ルチルちゃんのこともあるし、いてもたってもいられなくて」

「すぐ探しにいこう。ルチルは本がある場所っていってた。たぶん、行き先は《ダンテ》だ」

「そうね。わたしもそう思う」

「待ちたまえ」

駆けだそうとした俺たちの前に長身の人影が現れる。

闇に浮かぶ白金のクセ毛は、誰何《すいか》するまでもない。

「シモンズ先生……」

「グレイ＝フレイル……おまえがわざわざ死地に飛びこむかどうかは私の関知するところではない。しかし、ハルカを連れていかせるわけにはいかん」

毅然とした表情で立ちはだかる《白亜》の魔術師は象牙色のマントの内側から、短い杖をとりだした。

「俺たちのことを見張ってたな……」

「自惚《うぬぼ》れるな、私が気にかけているのはハルカだけだ。バザールでの買い物ぐらいは見逃すつもりだったが、アリスティアを深追いするというのであればさすがに見過ごせない」

「邪魔をしたら、本当にシモンズ先生のこと嫌いになるわよ」

「嫌われても君を救えるのならば本望だ。お互いが生きていれば何度でもやり直せよう。ふられたら、また惚れ直させればいいだけのこと！」

そう断言するシモンズは、いっそ清々しいと思えた。

同じ男として、少し憧れすらおぼえるほどだ。

彼の梃子《てこ》でも動かぬという意志を感じ取ったのだろう。ハルカは攻め手を変えた。

「アリスはわたしの友だちなの。そこをどいて」

「本当に彼女もそう思っているのか？　君はアリスティアのなにを知っているというのだ？」

婚約者の問いかけに、ハルカが言葉につまる。

「アリスの正体を、あんたは知っているのか？」

「……別に、アリスティアに義理立てをする必要はないな。彼女は始祖王カインと聖妻フィリアの子孫の末裔……神聖フィリア帝国皇帝ファルカリスの甥、バティストの隠し子だ」

「アリスが、帝室に連なる人間……？」

「バティストって……バティスト公爵よね。春に帝都で謀反を起こして捕まった男じゃない」

ハルカが口にした事件は、ロザディアでも数日間はその話題で持ちきりになったので俺も記憶している。

「たしかに驚きではあるけど……アリスならむしろ納得っていうか、そりゃそんくらいの秘密はあるだろうな、って気分だ」

「そうね……謀反人の隠し子だろうが、引き下がる理由にはならないわ」

ハルカが強い瞳で言い切ると、シモンズはうなずいた。

「まぁ、そういうだろうな。しかし、抹消された皇族というのは、序の口だ」

「もったいぶらずにいえよ」

「無茶をいうな……ここから先は《ダンテ》の禁書庫に侵入するにも等しい禁忌だぞ」

シモンズの言葉に、ハルカは息を呑む。

「ハルカ……君は、あの宙船の中ですでになにかを見てしまっているであろうから、私はこの話をする……アリスティアは近い将来人間ではないものとなって、大陸を滅ぼす存在となる」

どこかで、鈴虫が鳴いていた。

ロザディアでは初めて聞いたが、夏の終わりを知らせるこの虫の鳴き声は、故郷のウェンレルと変わらないらしい。

「七千年前、あの紅く輝く月へと姿を変えたセラフィム……アリスティアは、いずれあれと契約する《誓約《ゲッシュ》》に縛られているのだ」

シモンズは、ゆっくりとあげた手で、夜空に浮かぶ《紅月》を指さした。

幽霊船の映像で見た、十二枚の金属の翼を持つセラフィムが脳裏に蘇る。

「かのセラフィムの名をルシフェル。過去に契約せし天翔騎士《セラフィータ》の名は……古代神リリス」

——古代神リリスはいるわよ。

数日前のアリスの言葉が頭の中に反響した。

古代神リリス……《闇の大地》を生みだし、この大陸に魔物たちを解き放った根源悪。

「アリスティアは、リリスの魂を受け継いでいるのだ。彼女はやがてリリスの肉体に返り、天空のルシフェルと契約する運命にある」

シモンズの言葉を、そのまますぐに呑みこむことはできなかった。

少しずつ、パズルのピースを組み合わせて一枚の絵を完成させていくように、俺は頭の中を整理していく。

「話が、突拍子もなさ過ぎる……」

素直な感想を聞いて、《白亜》の魔術師は鼻で笑った。

挑発的な表情は、好きなように受けとめろといっている。

一人の女の子が世界の命運を左右するなんて、おとぎ話めいた、陳腐な話だ。

まともな神経なら、受け入れられるはずがない。

けれど、この数日間で、世界は変わった。

《ダンテ》の地下には秘密の本棚があり、本の中には黄土の荒野があり、竜人《ドラゴニュート》の学院長に殺されかけ、空からは巨大な金属の船が現れた。

幽霊船で映像を見たアリスの動揺ぶり……。

彼女はひと目見て、あれが古代神リリスだと、わかってしまったのだ。

「シモンズ先生は、どうしてそんなことを、知っているの？」

「それを教えることは、まだできない。ただ、信じて欲しい。私は生命に代えてもハルカを守る。私は、ハルカの味方だ。ゆえに君だけは、ここから先にいかせることはできない」

いまだ半信半疑のハルカに対して、《白亜》の魔術師は真摯な声で懇願する。

「わかってくれ。この先は、君がいくべき場所じゃない。どうかこのまま、平和な日常の中にいて欲しい」

「あなたのそういうところが、今ひとつ信頼しきれないのよ……」

《黒耀の美姫《ヌイ・エステル》》は悔しそうに唇を噛んだ。

「フレイルくんは、いくのよね？」

俺はうなずいた。シモンズの言葉が真実であるのならば、なおさら確認しなければならないことがある。

「あなたは、天翔騎士だものね……わかったわ。わたしは、いくのをやめる」

「ハルカ！　あああ、よかった！」

「代わりに、交換条件よ」

喜ぶシモンズに水を差すように《黒耀の美姫》は条件を突きつけた。

「ギール＝シモンズ。あなたのわたしへの愛に嘘偽りがないというのなら、わたしの友人を助けてあげて」

シモンズが、途端に顔を険しくする。

俺も、ハルカのほうを見ずにはいられなかった。

彼女は不敵な笑みを浮かべて、こちらを見る。

「この場でわたしにできる、きっと最高の支援よ……アリスのこと、頼むわね」

「待てハルカ！　私はまだ、なにも――」

「シモンズ先生。わたしはお祖父さまに従ってあなたと結婚することに疑問があったわ。あの日、あなたの誘いに乗って《ダンテ》にいったのは、お祖父さまが私を処女だと信じて疑ってなかったから、その幻想を台無しにしてやろうと思ったまでのことよ」

「常々思っているが、ハルカはもっと、自分を大事にすべきだ」

「ええ……だから、今回は危険な役目を先生に任せるわ。フレイルくんは、わたしが誘ったにもかかわらずそれを断って、友情を育んでくれた、大事な友人よ」

シモンズがものすごい剣幕で俺を睨《にら》んだ。

「誘われたのか、貴様ッ！」

「……聞いてのとおりだよ……てか、友情を育むつもりがあって断ったわけじゃないけどな。ジジイみたいになりたくないからってだけで、深い考えがあったわけじゃない」

「知ってるわよ。でも、いいじゃない。友だちになろうと思って友だちをつくったことなんて、わたしは一度もないわよ」

朗らかな笑みを浮かべるハルカ。

「シモンズ先生、彼との友情はわたしの誇りよ。わたしを大切にするくらい、フレイルくんを大切にして」

エルフは歯ぎしりをして頭をかきむしった。

「なんとおぞましい提案を……ええい、クソ！　致し方ない、今回だけだ」

「助かる……いこう、エイラ」

同行を了解したシモンズに礼を告げる。

「はい、ご主人さまの仰せのままに」

俺たちはハルカに見送られて、《ダンテ》を目指し走りだした。

宵の口で、まだ学院の建物にはちらほらと明かりが灯っている。

しかし《ダンテ》はすでに閉館時間を迎え、中には誰もいないはずだ。

「アリスティアがハルカの部屋を飛びだしてから、まださして時間は経っていない。やつがなにを考えているかは知らんが、いくとすれば、地下の禁書庫だろう。おそらく今頃は《ダンテ》の住処《すみか》で禁書庫に潜るための準備をしているはずだ」

「うわ……」

「うわってなんだ！　貴重な情報を与えてやったというのに、なぜ引く！」

「いや、礼はいうけどさ……そこまでわかってるってことはつまり、ハルカの部屋をずっと監視してたってことだろ」

「中まではのぞいていない！　そもそも、おまえたちが宙船の中に連れこむようなことをしなければ、こんなことをしなかった」

激怒して大声をあげるシモンズ。

俺たちがハルカを巻きこんでしまったために——というか、むこうから首をつっこんできたんだけど——シモンズの行動は過激にならざるを得なくなったようだ。

「ところで、さっきいってたアリスの秘密は、あんたがエルフだから知ってることなのか？」

尋ねると、シモンズは一拍の間を置いてうなずいた。

「アリスティアがリリスの魂を引き継いでいることはロウランを含めた評議会のごく一部しか知らない……おまえが《ダンテ》の禁書庫に入ったことのほうが広く共有されているだろう」

「ロウランは、知ってるのか……」

そういえば、襲撃した時に《紅月》のことを気にしていた。

「信仰心のない竜族に学院長の座を預けているのは、やつでしかアリスティアをとめられないからだ。ロウランは、彼女を監視する任務を負っている」

「監視って……アリスは、ロザディアからは出られないのに、そこまでする必要があるのか？」

「なにをいっている。アリスティアの狙いは『熾天原理《してんげんり》』だと、以前に教えてやっただろうが」

屋上で昼飯を食べていた時のことだ。

「その『熾天原理』がなんなのか、俺は知らないんだって」

「ちっ……無知であることを開きなおるのは学問を志すものとしては最悪だぞ。『熾天原理』は、この世界を生みだしたとされる『創星の書』の一冊だ。どうしてアリスティアがロザディアから出られないのかは知っているのか？」

「ここくらい強力なエーテル脈でないと普通に生活ができないって……」

「『熾天原理』には、無尽蔵《むじんぞう》のエーテルを放出する究極の魔術回路が記されている。ロザディアが強力なエーテル脈なのは、この学院のどこかに『熾天原理』があるからだ。おそらく、いまだ見つかっていない聖地《分娩室《デリヴァー》》にあると考えられる」

シモンズの説明で、点と点が繋がった。

「そうか、『熾天原理』を手に入れれば、アリスはロザディアの外に出られる……アリスが《闇の大地》にいって、リリスの肉体と接触することを、ロウランは恐れているのか」

「リリスの魂など殺してしまえという声もあったがな……父であるバティストがそれを許さなかったこと、優れた魔術師として成果を出したことを理由に見送られた」

アリスがこれまでに歩んできた人生の外枠を把握して、俺は口を覆う。

彼女は生まれながらの天才だと思っていた。

けれど、夜空の月を眺めていたのも、十二歳にして《白》になったことも、全部、必要に迫られてやっていたことなんじゃないか？

将来、世界を滅ぼす存在になるかもしれない。

そんな冗談にもならないような話が、ロザディアを出られないアリスにとっての現実だった。

多すぎる肩書きや異常なまでの力は、これまでに足掻いてきた証。

「もしもこの世界が魔導書の中の出来事だとしたらどうするか」と尋ねたとき、彼女は小さな声で答えた。

——とても清々しい気持ちで、歌を口ずさみながら、世界を破壊してやるわ。

あれは、あまりにも切実な心の叫びだったのだ。

《ダンテ》の裏手に到着した。俺は吸いよせられるように、あの禁書庫に潜った夜にアリスが開けておいてくれた右から十三番目の窓に駆けよる。

果たして、鍵は開いていた。

彼女はここにいるのだ。俺を待っている。

俺たちは、窓から《ダンテ》に侵入する。

暗く静かな本の森の中、シモンズが象牙のマントの内側からなにかを差しだしてきた。

「これを持っておけ」

暗がりの中、目をこらして見ると、白い金属でできた剣の柄のような形をしている。

「なんだ、これ？」

「ミスリルを用いた、魔導具ですね。とても高価なものですよ」

傍らのエイラが教えてくれた。

「ミスリルの加工は神人《しんじん》より賜ったエルフの秘術だ。私の担当教科を忘れたか？」

シモンズは魔法材料学の担当教諭だ。

こういったものをつくるのは彼の得意分野ということになるのだろう。

「くれるのか？」

「貸すだけだ。ハルカが私を最高の支援だといった手前、形だけでも力を尽くさねば彼女に対して不義理になるからな。当代指折りの錬金術師がつくった魔法剣だ。銘はギバウスという」

「魔法剣ギバウス……？　俺、まだ魔術は勉強中なんだけど……」

「銘を呼び、柄を強く握れば装者の生体魔力を感知し、増幅して刃を生みだす、猿でも使える魔導具だ。そこのセラフィムが力を貸せば、魔力弾を撃つぐらいはできるだろう」

エイラの力は金属の分解と再構成であり、以前ロウランを相手に戦った時には地上に現れたミスリルの結晶を使って盾や投剣をつくってみせた。

「エイラが勝手にいじってしまっても問題ないのですか？」

「かまわん、むしろどのような構造になるか興味があるからな……それより、やはりすんなりとアリスティアのもとへいくのは不可能なようだ」

シモンズが舌打ちした直後、図書館の中だというのにもかかわらず、突風が吹いた。

すぐ横の本がつまった背の高い本棚が、ぐらりと傾ぐ。

俺たちは、慌てて本棚の陰から飛びだして、下敷きになるのを免れた。

「ロウラン……！」

正面玄関から入ってすぐの《ダンテ》の広間に、白銀の竜人は立っていた。

魔術文字を書きこんだ翼を広げ、手にはその身の丈に迫る巨大な杖をかまえている。

「おまえたちはアリスティアのもとにいけ。私が足止めをする」

シモンズは象牙のマントの内側より、金属性の短杖《たんじょう》を六本も同時に抜き放った。

右手と左手に三本ずつ、それぞれ指のあいだにはさんでロウランと対峙する。

「《六指《ゼクサム》》のギール＝シモンズか……そこをどくのダ。誓いを破ったアリスを誅さねばならヌ」

「我が愛ゆえに、できぬ相談だ」

「状況を鑑みて、おまえたち一族の総意で行動していルとは儂も思わヌ。おまえもアリスが『織天原理』に触れル可能性を看過できヌはずダ」

ロウランは、シモンズの正体に気づいていたのか。

「今の文明や社会がどうなろうと私の知ったことではない。むしろハルカを縛るしがらみが消えて住みやすくなるかもしれんな」

「引くナらば今ダぞ」

「くどい」

竜人の学院長は深いため息をついた。

「能力があり、学生たちに人気もあル職員を失うのは、心苦しい……しかし、我が前に立ちはダかルのならば、竜族の雪辱、ここで果たすのも一興かもしれヌ」

「一族の中でも私は鼻つまみ者でな……かの《雷霆を纏《まと》いし白銀竜》が相手とあらば、全力でいかせてもらう……ドュナイ・デュナミス――風よ氷よ火よ、我が愛に応えて、吹き荒れ、凍てつき、焼きつくせ！」

シモンズが右手をふると、手の中の三本の短杖の先端から赤青緑の三つの閃光が放たれた。

床に散らばっていた何冊もの本が、風に巻きあげられてロウランの視界を覆う。

そこへ襲いかかる炎と氷の塊。

「貴重ナ《ダンテ》の蔵書を傷つけルことは気が進まヌが……ドュナイ・デュナミス――雷よ、我が怒りに応えて、焼きつくせ」

ロウランの杖の先から雷閃が迸《ほとばし》る。

風に巻きあげられた数多《あまた》の本が一瞬にして灰となり、炎と氷の魔術も打ち消した。

「やはり、一筋縄ではいきそうにないな……二人とも、急げ」

「シモンズ、絶対に死ぬなよ」

「私とて、こんな場所を死地と定めるつもりはない」

「ここでシモンズさんが亡くなった場合、傷心のハルカさんをご主人さまが慰めることになって、《寝取り王》としての名声が高まるかもしれませんねぇ」

「「縁起でもないな！」」

俺とシモンズの声は図らずも重なってしまう。

「いかせヌ」

階段のほうへと走ろうとした俺たちに、ロウランが雷光を放つ。

「おまえの相手は私だ」

シモンズは左手の短杖の一本を投げて、俺たちの足元の床に突き立てた。

すると、こちらの背中にめがけて一直線に伸びてきていた雷撃は、ぐにゃりと急な進路変更をして、短杖に吸いこまれる。

「避雷針か」

「野蛮な竜人風情が、エルフの叡智《えいち》を侮《あなど》るなよ」

不敵な笑みを浮かべるシモンズに背中を託して、俺たちは先を急いだ。

長い階段をのぼり、上の階にたどり着く。

ここが《ダンテ》の第二階層。

本来ならば《灰》の称号を授からなければ立ち入ることのできない場所だ。

「アリスは前に、《ダンテ》の第二階層と第三階層のあいだに住んでるっていってた。シモンズのいうとおり、禁書庫に潜る準備をしてるなら、たぶんそこだと思う」

「ご主人さま、いま《ダンテ》の見取り図を確認しましたところ、この図書館塔は全部で三百三十三階建て。そのうち第二階層は二階から百二十三階にまで及ぶそうです」

「つまり、あと百階以上のぼらないといけないってのか……」

「あちらの螺旋階段を利用するようですね」

エイラの指さす先、《ダンテ》の中心部を貫く螺旋階段があった。

窓から射しこむ月明かりに照らされた巨大構造物は、首が痛くなるほど上を見上げてもその全容をつかむことができない。

あれは螺旋を描く《ダンテ》の背骨だ。

まともな柱の一本も通さないで、どうしてこの巨塔は立っていられるのだろう？

「徒歩でのぼったら、夜が明けてしまいますね。ご主人さま、失礼します」

エイラは一礼すると、俺を腕に抱きかかえた。

「しっかり、つかまっていてくださいね」

にこりと微笑んでそう告げると、そのまま跳躍。

立ち並ぶ本棚の上を、屋根を走る猫のように駆けぬける。

瞬く間に螺旋階段に到着すると、今度はその金属の手すりに触れて、《鋼》のセラフィムの力で、先端に鉤《かぎ》のついた鎖をつくりだした。

　エイラは俺を抱えたまま螺旋階段の中央に立ち、鉤のついた鎖を頭上に放り投げる。

　鉤は直上の闇の中へと消え、ほどなくして、どこかに引っかかった音がした。

　銀髪のセラフィムは何度か鎖を引いて外れる心配がないのを確認すると、再び跳躍。

　螺旋階段の吹き抜けになっている中心部を、手すりを足場にしながら身軽にのぼっていく。

　鎖の先端の鉤が引っかかっていた九階まで、三十数える間もなく到着してしまった。

「セラフィムって、こんなことまでできるのか……」

「ご主人さまが山や森で遭難しておむかえにあがった時に、何度かやっていますよ」

「遭難してると、助けにきてくれるところは見られないもんでな……」

　俺の無駄口を、エイラはその大きな胸に押しつけることで閉じさせた。

「しゃべっていると舌を噛むかもしれませんので。それと、恥ずかしがらずにもっとしっかりと抱きついてくださいね。落ちたら大変です」

　銀髪のセラフィムは同じ方法を繰り返して、俺を第二階層と第三階層のあいだにあたる百二十四階へと導いた。その階は他の階とは違って、本棚は少ない。

　代わりに机や椅子、書見台が並んでいて、作業場という印象を受ける。

「写字室のようですね」

「写字生《しゃじせい》の手伝いをしてる、とかいってたな」

　月明かりを頼りに写字室を見てまわっていく。が、人が住んでいそうな部屋は見当たらない。

輪っか状のフロアを一周してアリスの部屋を見つけられなかった俺たちは首を傾げた。

「階を間違えたのでしょうか？」

「いや……ここは第二階層と第三階層のあいだで間違いないし……そもそもアリスが『アリスティア』って馬鹿正直に名札を掲げているほうが不自然だと気づくべきだった」

何気なく、側の本棚を眺めてみる。

写本の作り方や、挿絵を描くための装飾見本の中に、俺は『火気厳禁』と背表紙に書かれた本を見つける。

——第二階層と第三階層のあいだに、ちゃんと住める部屋があるのよ。ベッドもバスタブもあるんだから。火気厳禁だから料理はできないけど。

明瞭に蘇る、アリスの言葉。本の中にある空間。幻想領域。

半ば確信を持って本を抜きだして、開く。

『——合い言葉は？』

開かれたページに浮かび上がる文字。

合い言葉……なにかあるか？

真っ先に脳裏をよぎるのは、先日の幽霊船で彼女が解いた『天国の門の碑文』だった。

詩人キュルケー、天国と地獄、「神と悪魔は常に同じ櫂《オール》を握っている」って、普段から使っていたから、あの土壇場ですぐに思いついたのか？

とりとめなく頭をよぎっていく言葉。

古代神リリス、ルシフェル、熾天原理、サルディスキアの魔導書、光の速度……。

「違う……あいつは二言目には『お腹が空いたわ』だ」

口にした途端、本が輝きを放ち、俺は平衡感覚を失った。

マタハリの空間に引きこまれた時と同じく、気がついたら俺はめちゃくちゃ汚い部屋にいた。

どういう風に汚いかというと……とにかく整理整頓されていない。

本が床や机の上に山積みにされ、服が脱ぎ散らかされ、ベッドの上まで物置と化している。

机の一番上にある本は俺にも読める文字で『白き未確認飛行物体に関する目撃報告のまとめと詳察』と書いてあった。どうやらこの場所で、幽霊船について調べていたようだ。

様々な色のジャムの瓶が並べられている机もあり、よく見るとそれは、四隅と長辺の真ん中に穴があいている撞球台《ビルヤウ》だった。意外な趣味だが、こんな汚い部屋では球を突くたびに後ろの本の山を倒してしまい、まともに遊べないだろう。

撞球台の縁をなでていた指先に手触りのいいなにかがあたり、つまみあげる。

絹地のショーツだ。リボンとレースの飾りがついた、黒いやつ。

「ロウラン、とうとうここに気づいたのっ!?」

聞きおぼえのある声がして顔を上げると、バスタオルを身体に巻きつけただけのアリスが、そこにいた。白い肌は薄桃色に上気しており、金色の髪にはまだ水滴が絡みついて、照明を反射し光っている。風呂上がりであることは、確認するまでもない。

「グレイ……ほんとうに、グレイ？」

彼女は俺を見て、目を丸くした。

「て、その手になにを持ってるの！」

「こ、これは……すま――ほげぇっ！」

鋭い蹴りによって、俺は背後の衣類の山に倒れこんだ。

崩れた山から再びショーツがひらひらと宙を舞って、俺の鼻の頭にかかった。

今度は桃色だ。布面積が少なく、とても際どい。

「どんだけパンツ脱ぎ捨ててるんだよ」

「うるさいわね！　脱ぎ捨てたものじゃないし、ちゃんと洗濯はしてあってきれいよ！」

アリスは珍しく顔を赤くして、俺の手から桃色のショーツを奪い取る。

「そんなことより、どうしてここに君がいるの？」

「どうしてって、おまえがいなくなったからに決まってるだろ」

身を乗りだして告げると、彼女は片眉を上下させた。

「一緒に戻ろう。ハルカも心配してる」

「悪いけど、もう君たちと学生生活を楽しんでいられる状況じゃないのよ」

「それは……リリスの目覚めが、近づいているからなのか？」

アリスは、目を瞠《みは》る。

「なんで、そのことを……」

「シモンズから全部聞いた」

「全部って……」

「おまえが皇族の生まれだってことも、リリスの魂を受け継いでいて遠くない未来にルシフェルと契約し、この大陸をどうにかするかもしれないってこともだ」

答えながら、俺は冗談を口にしているような気分になった。

なのにアリスは唇をかみしめ、むき出しの肩を震わせている。

「だったらなおさら、どうして君はここにいるのよ」

「アリスの口から、真実を聞きたかった」

「真実よ」

俺を睨む瞳からふっと力が抜けて、消え入りそうな声が響く。

「あたしはやがて、あの幽霊船の中で見た下半身が蛇の化け物と一体となり、夜空に輝くルシフェルと契約する」

「ルチルは……」

「天翔騎士をセラフィムのもとへと誘《いざな》う《導き手》、ということでしょうね」

《導き手》……運命で引かれあう天翔騎士とセラフィムを結びつけるための精霊。

《寝取り王》ヴィル＝ロークの力でエイラと契約した俺は、それを見ていない。

「で、シモンズの話は真実だっていったら、グレイはどうするの」

「なにか、力になれることはないか？」

俺の返事を聞いたアリスの苛立ちを、肌で感じた。

「力になるって……君は、自分がなにをいってるかわかってるの？」

バスタオルを巻いただけの無防備な姿で詰めよってくる。

「あたしがリリスになって世界を滅ぼすっていったら、その力になるの？　それとも、リリスになる前に死んでしまいたいっていったら、自殺に協力してくれるとでも⁉」

柳眉を逆立てて、アリスは俺の肩をつかむ。

この怒りこそ、冗談みたいな話が彼女にとっての現実であることの一番の証左だった。

「グレイが一体、なんの力になるっていうのよ。幽霊船の中であの映像を見て、リリスのことをシモンズから聞いて、君にはそれがどういうことか理解できなかったの？」

「理解は、できてないんだろうな」

わかるはずがないと思った。

世界をやがて滅ぼす魂を引き継いでしまった苦悩と孤独など、想像を絶するに決まっている。

「なら、こんなところにくるのはやめてよ。変な希望は持たせな――」

言葉が中途半端なところで途切れたのは、口を滑らせたことを自覚したからだろう。

そうだ……希望はないわけじゃないんだ。

「なぁ、どうして右から十三番目の窓を開けていたんだ？」

俺の問いかけに、アリスは怯んだ。

「俺よりずっと賢いおまえが、俺にこの場所の手がかりになるようなことをいって、そのままにしていた……それって、ここにくることを待ってたんじゃないのか？」

「ち、違う——そんなんじゃ」

「シモンズからいろいろ事情は聞いたけど、まだわからないことがある。リリスになるかもしれない……その不安を抱えてたおまえが、なんで俺の呪いを解く協力をしてくれてたんだ？」

にじり寄ると、肩をつかんでいたアリスの力が弱まった。

「いってたよな……あたしのことを信用しすぎるなとか、買いかぶりすぎとか……ここにくるまで、考えてたんだ。おまえは最初から、俺の呪いを解くつもりなんかなくて、むしろ利用するつもりだったんじゃないかってな」

「そうよ」

《白》の魔術師は力なくうなずいた。

「あたしは最初から、グレイのことなんかどうでもよくて、禁書庫や幽霊船の中を連れまわした。結果として、君が教会に命を狙われるようになるとわかっててもね」

「俺に、なにをさせたかった？」

俺の問いかけにアリスは視線を宙に泳がせた。

「そ、それは――」

「いわなくてもいい」

彼女を抱き寄せて、唇を塞《ふさ》ぎ、言葉を奪う。

唇に触れる、熱く、柔らかな感触。

俺が口づけをするあいだ、アリスは大人しくしていた。

十数えて顔を離すと、なにをされたのか理解できていないような表情をしている。

「アリスでも、そんな顔をすることあるんだな。もしかして、初めてか？」

「な、なによ……自分は経験があるみたいに」

「残念ながらあるんだな。昔、呪いを暴走させちまった時に」

「勝ち誇っていうことじゃないでしょ」

「それもそうだな……したいと思ってキスをしたのは、今のが初めてだ」

「な――っ！」

耳まで赤くなったアリスを、さまざまなものが氾濫する床に押し倒した。

身体に巻かれていたバスタオルがはだけて、染みひとつない透きとおる肌をさらす。

豊かな双丘は仰向けでも形が崩れることなく上をむいて、先端の乳嘴が桜色に色づいていた。

「自分が、なにをしてるのか分かってるの……？」

「おまえが、俺にさせたかったことだ」

アリスの一糸まとわぬ姿に心臓は高鳴り、左手の甲に薄緑色の呪印が浮かぶ。

その指先で、彼女の乳房を愛撫しながら、もう一度、唇を重ねた。

豊満なふくらみは、風呂上がりでわずかに汗ばんでおり、吸いついてくるようななめらかさで形を変える。

やがて世界を滅ぼすセラフィムと契約する運命を背負ったアリス。

他人のセラフィムを奪いまくった《寝取り王》の呪いを引き継いだ俺。

こうやって並べてみれば、彼女が俺になにを期待していたのかなんて明白だ。

「あっ……んぅ、むぅ……はぅ」

アリスの唇を、こちらの唇で甘くはさむたび、かわいらしい声がこぼれる。

ついばむような長い口づけを終えると、彼女は恥じらいながら碧い瞳で俺を見つめた。

「あたしは、こんなこと、求めてないわよ……」

「だったら、魔術で俺のことをぶっ飛ばせばいいだろ」

俺はアリスの太ももに指を食いこませて足を開かせる。

ぴったりと閉じた秘部までもがあらわとなり、その美しさを目に焼きつけた。

彼女はとっさに足を閉じて隠そうとするが、身体を割りこませてそれを阻む。

こんな形だけの抵抗で、とまるつもりはない。

アリスが本気でいやがったならば、俺などに押し倒されるはずがないのだ。

なのに、こんな無防備に裸体をさらしているのは……これが、希望だから。

「俺はアリスを寝取る」

この言葉を、きっと待っていたからだ。

俺は、この呪いが嫌いだ。側にいる人を狂わせ、傷つけてしまう。

けれど、自分の運命を受け入れよう。

アリスの呪いを解くためなら、この力を使うこともためらわない。

「紅い月から、おまえを奪ってやる」

左手に輝く呪印を見せつけ、俺はアリスに覆いかぶさったまま宣言する。

「グレイ……んんっ」

か細い声で俺の名を呼んだ少女は、ピクッと全身を痙攣させた。

アリスの下腹部に薄紫色の呪印が浮かび上がっている。

二つの円が渦を巻くようにせめぎあう模様は、簡素でありながら、ひと目見た瞬間におぞましさをおぼえた。

「螺旋は停滞の印よ。船が進めば、水は渦を巻いて引き止めようとするでしょう……それが《誓約》の誓紋よ。ルシフェルが、あたしに刻みつけた呪い――エクス・リブリス」

「エクス・リブリス……？」

この誓紋で、アリスを自分の女として留め置いてるってのか……。

「けど、昼に水着を着てた時は、こんなのなかったよな」

「あたしに、精神操作系の魔術がかけられているのを感知すると、浮かび上がるのよ。精神操作の魔術は相手の生体魔力をたどってその魂に作用するの。この誓紋は一時的にあたしの生体魔力の流れをとめて、君の呪いがあたしの魂にまで到達しないようにしてるのね」

「全然わかんねぇんだけど……」

「ようするに、エクス・リブリスのおかげであたしはグレイの呪いにかからなかったってこと」

「それは、ちょっと複雑だな……」

二つの渦が交わる誓紋に触れると、感じやすいところなのか、彼女は「んっ……！」と普段よりも一段高い声を発した。

「今ここで、上書きすることはできないのか？」

「無理よ……そんな簡単に解決できるなら、君に色仕掛けしてとっくにやってるわ」

「けど……なにか方法はあるんじゃないのか？　俺のことを利用しようとしてたんだろ」

「どうして……？」

俺が顔を近づけると、アリスは首を傾げた。

「どうして、助けようとするの？　あたしはグレイのことを利用するつもりだったのよ？　君の呪いを解くって嘘をいって危険なことに付き合わせたのに、なんで……」

「そんなの惚れたからに決まってるだろ！」

少女の雪白の頬が、再び紅潮する。

「なんでよ！　ひどいことされたのに惚れるって、そういう性的嗜好？」

「んなわけあるか！　おまえ自分の顔を鏡で見たことないのか？　こんだけかわいくて、胸だって……って、そうじゃない！」

真面目な場面で、なにを口走ってるんだ、俺は！

「おまえと会ってから、楽しかったんだよ……この呪いのせいで、側にいてくれるのはエイラぐらいで、友だちとかそういうの、ずっといなかったから」

「友だちなら、もうつくれるでしょ。これからはハルカがあいだに立ってくれるわ」

「アリスがいなきゃ意味がないんだ！」

拳を握りしめて、叫んでいた。

「なんで惚れるかって――何度も俺の命を救って、かっこいいところをたくさん見せつけてくれただろ！　そりゃ惚れるさ！　けど、おまえの抱えているものを教えられて、その強さは呪いを解くためにずっと努力してきた証なんだって気づいちまった！」

「――っ!?」

「死にかけるような目に遭ったとか、どんな秘密があってなにを企んでいるとか、もうそんなの関係ないいんだ……力になりたい。俺は、アリスが好きだ」

正直な想いを言葉にすると、彼女は掠れ気味の声で「ばか」とつぶやいた。

そして、表情を伏せるようにして上体を起こし、俺の背中に腕をまわす。

はっきりと感じられるアリスの体温。

決して放すまいと強く抱きしめ返すと、小さな嗚咽が鼓膜を震わせた。

あのアリスが、泣いている。俺は水気が残った彼女の金髪をなでた。

「……ハルカの部屋を出たとき、最初は死ぬつもりだったの」

「ルチルが、ルシフェルの《導き手》だってわかったから？」

「ええ……けど、死ぬ前にこの部屋をどうにかしなきゃと思って《ダンテ》にきたの。死にたいなら、ロザディアを出ればすぐに叶うわけだしね」

「……それが、なんで風呂に入ってたんだ？」

「死ぬのが、馬鹿らしくなったからよ」

あまりにも明瞭で簡潔な答えだった。

「リリスになんかなるのはごめんよ。けど、どうして世界のために、あたし一人が死ななきゃいけないのよって思ったら、理由なんかなかった。だから、賭けをすることにしたの」

「賭け？」

「誰かさんがここにいるあたしを見つけてくれたら、死ぬのはやめようって」

「そりゃ、賭けに勝ててよかった」

俺が安堵の息をこぼすと、目の前にアリスの顔があった。

「見つけてくれた、お礼よ」

鼻の頭がくっつくほどの至近距離で彼女は柔らかな笑みを浮かべて、触れるだけの、短いキスをする。

気持ちが通じあったからなのだろうか？

一瞬の交わりが、さっきのよりも長く、甘いものに感じられた。

「初めてのキスどころか、全部見せちゃったんだから……ちゃんと、責任はとってよね？」

彼女への愛おしさが胸に満ちあふれて、はっきりとうなずく。

もう一度キスをしよう、そう考えて目を閉じた直後——くぅう、とアリスのお腹が鳴った。

「……お腹が空いたわね」

「この状況で、本当に節操がねぇな……」

「どこに惚れたか訊かれて、真っ先に顔とか胸って口走った男がなにいってるの」

ほっぺたを引っぱられた。返す言葉もない。

「ま、そのあとの台詞でお釣りがくるから、許してあげるけどね……」

「え、それは、どういう意味で——」

「調子に乗らない。いつまでもこんなことをしてる場合じゃないんじゃないの？」

指摘されて、外で待つエイラとシモンズのことが脳裏に浮かぶ。

特に、ここにくるまでの活路を拓いてくれたあのエルフは、無事だろうか？

「その表情を見る限り、シモンズあたりがロウランとやり合ってるって状況なのかしら？」

「よくわかるな……」

「盤面を考えればね。協力者がいるとしたら、彼ぐらいでしょうし、ロウランもあたしが《ダンテ》に入ったことを傍観してはいられないはず……しょうがない、美味しい食事は、この世界に一発ぶちかましてからにしましょう」

アリスはバスタオルで身体を隠しながら、立ち上がった。

「世界に一発ぶちかますって、どうするんだ？」

「もう一度《ダンテ》の禁書庫にいくわ」

9　聖地での決戦

　制服を身にまとい腰の鎖に三つの錠前と鍵を下げたアリスとともに、『火気厳禁』の魔導書部屋をあとにした。

《ダンテ》の百二十四階の写字室に帰還すると、一人置いてけぼりにされてうろたえていたエイラが抱きついてくる。

「ご主人さまにアリスさん！　探したんですよ！」

「すまん——って、どわあ！」

「スンスン……ご主人さまから、アリスさんと同じにおいがします。もしかして、お二人で大人の階段を……！」

「のぼってないから！　あとわざわざ抱きつくなって」

「そうよ。それに、グレイはあたしの恋人になったんだから、いくらセラフィムでも不必要な接触は控えなさい」

　しがみつくエイラの首根っこをつかんで引き剥がすと、アリスは尻餅をついていた俺をひょいと抱えあげ、螺旋階段の金属の手すりに足をかける。

「ドュナイ・ドュナミス——風よ、我が印に応えて、翼となれ」

凜とした呪文の詠唱とともに指の先で描いた魔法陣は、大気中にある風のエーテルを励起させた。アリスは片腕で俺を抱きかかえたまま空中に飛びだす。

俺たちの身体は弾力のある大気の層に受けとめられて、螺旋階段の吹き抜けを滑るように下りていく。いわゆるお姫様抱っこをされてしまった俺は、眼前の少女の横顔を凝視した。

「なによ、その目は」

「いや、その……恋人とおっしゃったので……」

アリスが赤面した。無言のまま俺の耳を引っぱる。

「いたいいたい！　照れ隠しで耳を引っぱるの、かわいいけどあぶないって！」

真下は深い暗闇が口を開けて待ちかまえており、落ちたら絶対に助からないだろう。

「そんな心配しなくても、放したりなんかしないわよ」

俺を抱く腕に力をこめながら、アリスは耳元にささやいた。

「勘違いしないで欲しいんだけど、呪いを解いてくれるから君を受け入れたんじゃないわよ」

「え、そうなのか？」

「可能性はあるかもしれないけど、具体的な方法はわからないし……そんな即物的な女だって思われるのは、癪《しゃく》だわ」

「じゃあ、どうして」

「それは……初めて会った時のこと……」

アリスは恥ずかしがって声を低めるので、耳をそばだてる。

「妙な魔術で女の子を誑《たぶら》かすなんて、外道のすることだ……って、いったでしょ。あたしはルシフェルに囚われている側の人間だから……」

「そんな、些細なことで？」

「き、きっかけってだけで、それだけが君の評価じゃないわよ？　部屋にきてくれたのも嬉しかったし、こんな面倒な女だってわかっても、好きっていってくれたのだって……ああ、もう！

そのニヤけ顔やめなさい！」

「無理です」

照れまくるアリスを眺めていると、たちまち二階に到着してしまった。

エイラがのぼってくる時にも使っていた鉤つきの鎖を手に、あとからくる。

「うう……ご主人さまとアリスさん、すっかりいい雰囲気で、妬《や》けちゃいます」

「そんなことをいってる場合じゃないでしょ」

アリスが張り詰めた声で告げる。

激しい戦闘を想起させる冷気が階段のほうから漂ってきて、甘い空気は雲散した。

「ここは大陸の知の殿堂だっていうのに、派手にやってくれたわね」

彼女は俺を下ろして走りだす。

俺たちもあとに続いて、シモンズとロウランが交戦していた一階の広間に下りる。

果たして、エルフと竜人《ドラゴニュート》、二人の魔術師の戦いは、すでに決着がついていた。

「きたか」

氷像のごとく固まってしまったロウランと、倒れた本棚の上に腰を下ろすシモンズ。

端整な顔をすすだらけにした《白亜》の魔術師は、俺たちを見て「遅い」と顔をしかめた。

「ロウランを倒したのか？」

《白》と《白亜》なのだ。魔術師の階級的に、てっきりシモンズのほうが実力では劣ると思っていた俺は、驚いてしまった。

「なんだその口ぶりは。エルフであるこの私が、竜人などに後れをとるはずが……ぐぅっ」

シモンズが立ち上がろうとするも、脇腹を押さえて片膝をついた。象牙色のマントをはじめとして服のところどころが破けており、尋常ではない火傷痕がのぞける。

「随分と健闘したわね……あたしもロウランと戦ってあなたが勝つとは思ってなかったわ」

「どいつもこいつも……まぁ、竜族本来の力を使われていたら敗北は必至だったろう。竜が本気を出すには、ここは傷つけてはならぬものが多すぎる……」

「《ダンテ》に救われたのね」

苦々しげにつぶやくシモンズに対し、アリスは青い装丁の魔導書の封印を解いた。

「ドュナイ・デュナミス――水よ、我が意に応えて、傷を癒やせ」

開いた魔導書の文字が水色の輝きを帯び、大気中の水のエーテルを呼び起こす。

癒やしの水の雫が、焼けただれたエルフの傷口に降り注ぐ。

顔をしかめていたシモンズの表情が、幾分かやわらいだ。

「この秘術……『水霊秘法』か。高価な魔導書のページを使わせたな」

「グレイをここまで導いてくれたお礼よ。それに写本だから気にすることはないわ」

「ロウランさんは死んでしまったんでしょうか？」

エイラは、氷像となった竜人の学院長を軽く叩いた。

「いいえ。ロウランならこの程度の氷縛魔術では、すぐに解除して復活するでしょうね」

「化け物め……」

アリスの評価に、シモンズは頭を抱えた。苦労してここまで追い詰めたのだろう。

「とどめを刺すのですか？」

エイラの不穏な質問に《白》の魔術師は首を左右にふった。

「そこまでする必要はないわ。ロウランはまだ会話の余地があるし、使い道もある。いい時間稼ぎができたと思って、さっさと禁書庫にいきましょう」

「シモンズはどうする」

「おまえらがどうしようと私には興味がないし、戦う余力もない。ここで退かせてもらう」

エルフの男は、ゆっくりと立ち上がった。

「ひとつ確認したいんだけど……以前あなた、『ミスリル同士は引き合う』っていってたわよね。

あれは、魔力によって活性化したミスリルには、ほかのミスリルを引きよせる力がある、という意味で間違いないかしら」

「どうしてそう思った？」

「先日の幽霊船騒ぎ、ロザディアの近くで覚醒したセラフィムがいるのかと思ったけど、そういう話は一切なくてね」

幽霊船の目撃情報があった場所では直前にセラフィムが覚醒していることが多々あるという。俺が幼い頃に見たのも、エイラと契約した直後だった。

「それに類することといえば、禁書庫がサルディスキアの写本で暴走し活性化したことぐらいしか思い浮かばないからよ」

「まぁ、十中八九、あの幽霊船を呼んでしまったのはおまえで間違いないだろう。それで、そんなことを今さら確かめてなにかあるのか？」

アリスが意味深な笑みを浮かべると、シモンズは「そうか」と呟き、その場を去っていった。

「ありがとうな」

闇に消えていく背中に声をかけると、エルフは片手を上げて応える。

「あたしたちもいきましょう」

《白》の魔術師に促され、俺たちは再び禁書庫へとむかった。

「はぇぇ……ここが禁書庫ですか」

エイラの呑気な声が、雑然とした禁書庫の通路に反響する。

「隠し扉の入り口とか、通路の様子とか、前にきた時からなにも変わってないな……」

てっきり、入り口が塞《ふさ》がれたりしているかと思いきや、もとどおりに復元しただけで、対策らしい対策が見当たらない。通路のあちこちに禁書が山積みにされているのもそのままだ。

「ロウランの一存でどうにかできる場所ではないからね。ここは聖フィリア教会の上層部にとってもそうそう手を入れることができない禁忌の場所よ」

聖フィリア教会は、人間がつくった人間のための宗教だ。

学院を任されているとはいえ、竜人であるロウランは、教会内で高い地位にはいても、発言力はそんなにないのだと、アリスは教えてくれた。

「まぁ、あたしに対して下手な小細工をしても意味がないっていうのも、あるでしょうけど」

謙遜せずにこういうこといえるのって大したもんだよな……事実なんだろうが。

「でも、そんなにまでして隠したいものなら、いっそ燃やすなりしてこの世から消してしまえばいいと思いません？」

エイラが頬に人さし指を当てながら尋ねる。

「聖フィリア教会は、ここに所蔵されているものの価値はわかっているのよ。自分たちのやっていることが欺瞞に満ちていることもね。統治する側まで盲信に取り憑かれていたら、聖フィリア教会は大陸を席巻する宗教にはなり得てないわ」

「信仰は、統治のための道具か」

不本意な〝奇跡〟を期待されてきた身としては、複雑な気分だ。

「道具は使いようよ。富豪が多額の寄付をすれば、各地の教会が潤って、学校に通えない子どもに勉強を教え、貧しい人にパンを与えられるわ。聖フィリア教会が古来よりの原始宗教を排除し大陸の覇者となったのは、この世界の富の再配分の役割を地道に担ってきたからよ」

アリスは淡々とした口調で語った。

「富豪を信仰の中に取りこむためには、宗教という物語が必要不可欠でしょ。信仰と文明社会は不可分の存在であり、共有できる物語があるから、人々は共同体をつくれるのよ」

「なるほどな……」

ウェンレルは聖フィリア教の盛んな地域ではないけれど、うちの両親も食事の前には始祖王カインに祈りを捧げる。

クラスのみんながグリフォンに抱く忌避感。

昼間、アベルの名を聞いて嫌悪感をあらわにしたハルカ。

いや、それればかりではない。

エイラがここに在る本を燃やすといった時に、俺は少しだけ、ぞっとした。

聖フィリア教の教典を一冊編むのに要する羊皮紙の量は、羊二百頭分に相当する。

インクや表紙を飾る絹布、もちろん、綴《つづ》った作家の苦労もあろう。

それらを燃やすものの都合で一握の灰に変えてしまうことに、俺は不快感をおぼえる。

他にも、殺傷や盗み、詐欺を働くことが悪であるということ。

一方で、家族や隣人に思いやりを持って接することの大切さ。

こうした倫理観、道徳観を俺に刷りこんだのは、幼い頃に通った聖フィリア教の教会だ。

そこで語られる様々な説話から、俺は教訓を汲んで、学んだ。

嘘をついたり殺しをすれば罰せられることをみんなが共有しているから、社会は成り立っている。信仰は道具で、道具は使いよう……アリスのいうことは正しい。

「信仰は、人類が手放すことのできない諸刃の剣みたいなものよ……そして、今あたしたちは、その刃を首元に当てている状況ね」

「でも、必要なことなんだろ、アリスの《誓約《ゲッシュ》》を解くために」

彼女は、はっきりとうなずいた。

「この奥に《分娩室《デリヴァアー》》はあるはずだわ。そこなら手がかりをつかめるはず」

セラフィムであるフィリアが始祖王カインの子どもを出産した奇跡の現場、聖地《分娩室》。

シモンズはくる途中、そこに『熾天原理《してんげんり》』があるといっていた。

いやな疑念が、不意に頭をもたげた。

アリスの目的が、本当に『熾天原理』だとしたら……それを手に入れた彼女は《闇の大地》

にいって、古代神リリスとして覚醒してしまう。世界は滅びる。

いや、そんな、まさか……俺は頭を左右にふって、疑念を払拭した。

俺たちは以前魔導書に囚われた伝説のサキュバス、マタハリに襲われた地点を通過した。

さらにそこからしばらくいくと、まっすぐに伸びていた通路は終わりを迎え、魔法学院の百人教室ほどもある広い部屋に出た。

壁を覆い尽くす書棚と、整然と飾られた絵画。

ここにくるまでとは違う……この大部屋は、明らかに整理が行き届いている。

「重要な場所って感じがするな」

「そうね」とアリスは相づちもほどほどに、奥の壁の真ん中に飾られた絵画に触れた。

白い宮殿の広間で、グリフォンを踏みつけているペガサスが描かれている。

ありふれた画題だ。ペガサスは始祖王カインの象徴であり、秩序と正義を表す。

踏みつけられたグリフォンは反逆者アベルの象徴であり、裏切りの原罪に対し正義が鉄槌を下す姿を描いている。

「隠す必要もない絵をこんなところに大仰に飾ってるっていうのは、どういうことだと思う？」

アリスは絵を外して、白い金属の壁に素手で触れた。

白い壁の表面に、薄桃色の魔術文字が現れる。

俺は、息を呑んだ。

「それは……あの幽霊船の船長室と同じ……!?」

「グレイ、あたしが前に、今の人類の建築技術で《ダンテ》を十年かそこらで建てるのは不可能だっていったのはおぼえてる？」

「あ、ああ……もとからここにあった、出自不明の塔にめちゃくちゃなドレスを着せて、ヌールヴォア建築って言い張ってるって……」

「そう……けど、塔っていうのは間違っていたみたい。空を漂う幽霊船と《ダンテ》の地下に埋められた禁書庫が同じミスリルでできていたこと……その答えが、これよ」

アリスが壁の上を踊る魔術文字を操作すると、幽霊船で見たのと同じ映像が浮かび上がった。

真っ黒な天涯に浮かぶ、青い星。

その直上で激突する白い船団と、二人の異形の少女。金属の翼を持った少女は紅き月となり、地上に墜ちた少女は大陸の北部に《闇の大地》を生みだす。

「前はロウランに邪魔されてここで終わってしまったけど、続きがあるみたいね」

《白》の魔術師の言葉どおり、俺たちが以前に見たのと同じ映像は、まだ続いていた。

二人の少女を観測していた数多《あまた》の白き船が崩壊し、地上に降り注ぐ。

その中には、セラフィムと思しきものが含まれている。

画面が、傾いだ。

映像は真っ暗になって、そこで終わる。

「この天涯の戦争が、セラフィムがこの大陸の各地に散らばったきっかけだったのね」

「そういう……ことなのか」

俺は、エイラのほうを見た。

銀髪のセラフィムは難しそうな表情で、首を傾げる。

「申し訳ありません。エイラは、思い出せません」

「思い出せナくても、これが真実ダ」

背後から聞こえてくる、竜人訛りのあるしわがれ声。

ふり向くと、そこにはマーリス魔法学院の長、ロウランが立っていた。

「ロウラン……もう蘇ったの？」

「この頃、地上の支配種族は竜族であった。しかし、天涯より降り注ぐミスリルの雨が、我々の文明を破壊し、地の底に隠れることを余儀なくした」

「竜族は、知っているのね。このことを」

「一部のものダけダ。そうでナければ、聖フィリア教の総本山を、人類と竜族の融和の場にできルはずがナい」

ロウランは、顎から伸びる長い髭を三本しかない指でさすりながら語った。

「して、アリスよ……お主はもう、《ダンテ》に侵入すルことはナいのではナかったか？」

竜人は黄金の目を眇《すが》めて、大きな杖をかまえる。

「そんな約束を悠長に守ってる場合じゃなくなったわ。あたしにはもう、大して時間が残されてないみたいだから」

「リリスとして、覚醒すル日が近いと？」

ロウランの問いかけに《白》の魔術師はうなずいた。

「以前いっていたナ。世界を滅ぼす者になルつもりはナい。その時がきたら自ら死を選ぶと」

「自虐的な考え方に飽きたのよ……あたしは、グレイと一緒に生きてみたくなったの」

アリスが俺の隣に立って、手を握ってくれた。

その言葉と温もりに、心の内から力が湧きあがってくる。

「ロウラン！　俺はアリスの呪いを解くために、《寝取り王》の運命を受け入れることにした。アリスはルシフェルには渡さない。俺の女にする！」

腹を決めて宣言すると、傍らの少女が頬を赤らめて肘でつっついてきた。

「あれ、なんか間違ってたか？」

「ま、間違ってはいないけど、もうちょっと言い方ってものがあるでしょ」

もじもじと恥じらうアリス。

意外と、こうやって真っ正面から好意をぶつけられるのに慣れていないのかもしれない。

「《寝取り王》の力で、ルシフェルとの《誓約》を上書きすル……それは本当に可能なのか？」

「試してみる価値がないわけでもない、といったところよ。人類の叡智《えいち》がつまったこの宝物庫で一戦交えるつもりもないでしょ？　興味があるなら、見ていきなさい」

アリスは繋いでいた手を離して、腰の錠前に鍵を差しこみ、短剣と白い魔導書を取りだした。

「小口が繋がっている……サルディスキアの魔導書を写したのか」

竜人の学院長は、再び頭を抱えてうめいた。

伝説のサキュバス、マタハリを一撃で葬ったあの魔導書は、俺もおぼえている。

「細かいことを気にしている場合じゃないわよ。かつてこの大陸の覇者であった竜族を滅ぼしたミスリルの雨。リリスやルシフェルと戦い、地上に墜ちた白き宙船の破片は、この《ダンテ》を見ればわかるように、人類の文明の礎となったわ」

自身の左手の甲に短剣を滑らせ、血を吸った刃を羊皮紙の束に食いこませる。

音を立てて切り開かれていく魔導書のページは書きこまれた魔術文字を銀色に輝かせて、周囲の空気を震わせた。

「《ダンテ》以前の要所の建物——たとえば、始祖王カインの城や邸宅にも、ミスリルが使われていた可能性が高いわ……」

「アリスよ、ナにをやろうとしていルのダ？」

解放された魔導書のページから、エーテルの奔流が天にむかって伸びて、《白》の魔術師の頭上に特大の魔法陣を描く。

マタハリを倒した時と同じだ。

「こんなことしたら、またミスリルが暴走して、今度こそどうなるかわからないぞ！」

「いいのよそれで。ミスリルは生きている。魔力によって活性化したミスリルには他のミスリルを引きよせる力がある……あの夜、あたしたちはすでに限りなく答えに近づいていたんだわ」

俺の声を無視して、アリスは呪文を唱える。

「ドュナイ・デュナミス——書よ、我が血を以て応えよ！　汝は偽りの国に鏤刻《ろうこく》せし天涯の牙」

特大の魔法陣から現れる、巨大な偃月刀《えんげつとう》の切っ先。

以前のように天井が高くはないため、その全貌を顕すことは不可能だった。

「——《月天を貪れ《マルナガアルヴ》》！」

アリスが短剣を操ると、極大の真紅の剣先が白い床にそっと触れる。

直後、硬い金属の床が波打った。

耳を聾《ろう》する轟音は、音というよりも衝撃波と呼ぶにふさわしい。

地面の奥底から突き上がってくる震動に、いっぺんに足腰が砕けて立っていられなくなる。

「ご主人さま！」

転びそうになった俺をエイラが支えてくれた。

隣にいたアリスに腕を伸ばして、彼女を抱きよせる。

部屋を照らしていた照明魔法が消え、視界は闇に落ちた。

「この部屋のミスリルが、大気中のエーテルを飲みこんでいるわ……」

《白》の魔術師の焦る声が轟音の幕を隔てて微かに聞こえる。

俺たち三人はしゃがみこんで抱きあい、激震と、そこからやってくる恐怖をしのいだ。

「とまった……？」

とてつもなく長く感じた地震は、前触れなくぴたりととまった。

「ロウラン、悪いけど、照明魔法を使ってもらえる？」

俺のすぐ傍で、アリスが若干苦しそうに告げる。

「大丈夫か？」

ロウランが部屋を照らすと、彼女は苦しそうに胸を押さえ、額には汗を浮かべていた。

「ミスリルが大気中のエーテルを吸収したおかげで、あたしの分がちょっと足りなくなったってだけよ。もうもとに戻ったし、すぐによくなるから」

アリスがエーテル脈でしか生きていけないというのは、こういうことなのか。

「それよりも、ようやく見つけたわ」

苦しげなアリスが、目の前の床を指さした。

「ナンダ、これは……！」

ロウランは驚愕し、傍らのエイラも息を呑む。

巨大な偃月刀の剣先が触れた床に、巨大な穴が口を開けている。

直径は成人男性三人分もあるだろうか、のぞきこんでも中は暗くなにも見えなかった。

奥底から空気の流れを感じ、試しに先ほどの震動で天井から落ちてきたらしいミスリルの破片――部屋の中を見渡してみると、壁も天井もひびだらけだった――を投げ入れると、五数えたところでかん高い音が闇の底から聞こえてくる。

「用心深いことで、随分と奥深く埋めたものね」

「な、なんなんだ、これ？」

「第一の奇跡が起きた聖地《分娩室》への入り口よ」


巨大な縦穴を、俺たちは回復したアリスとロウランの魔法によりゆっくりと下降していく。照明魔法で闇を払いながら降り立ったその場所は、上の部屋と同じくらいの広さだ。

やはり床も壁も天井も白い金属製で、中はこざっぱりとしている。中央に四角い箱のような台が鎮座し、北側の壁には大画面の木製のレリーフ画が飾られていた。

そこに描かれているのは上の大部屋に飾られていた絵と同じ、不浄の生き物と蔑まれペガサスによって踏みつけにされるグリフォンだ。

「聖地への道が、このようナ方法で隠されていたとは……見つからヌはずダ」

「ミスリルの特性を知らなければ活路は開けないし、逆にミスリルの特性を知っていれば、あそこでサルディスキアの魔導書級の魔術を使うことが自殺行為なのも知っている。《分娩室》は封印するつもりで地下に埋められ、さらにその上に《ダンテ》が建てられたのね」

「聖地に飾られた不浄の生き物の宗教画……たしかに、それだけの秘密が、ここには眠っているようダ」

ロウランは彫りこまれたグリフォンの横顔を見上げて、深いため息をつく。

「これが、聖妻フィリアが始祖王カインの子どもを産んだ分娩台ですかぁ……」

銀髪のセラフィムはやはり第一の奇跡の象徴たる分娩台が気になるらしい。

「あ、側面の縁に、なにか書かれていますよ！」

近づいてみると銀色のプレートが貼りつけてあり、俺には読めない古代の文字が並んでいる。

「どいて」と、アリスが俺とエイラのあいだに割りこんで、指先でプレートの文字をなぞる。

「マーリス＝セルバリスの予言せし、第一の奇跡の地……人間の子アベルとセラフィム・フィリアが交わりて、三人の子を生《な》す……」

俺は自分の耳を疑った。

聞き間違いではないかと、その場にいる全員を順番に見ていく。

アリスは険しい表情をして、エイラもその瞳を見開き、ロウランは身の丈もある杖を折れんばかりに握りしめていた。

「この状況で、冗談をいってるわけないよな？」

「当然でしょ。ロウランも読んでみなさい」

アリスに急かされて、彼は銀色のプレートに目を走らせる。

「たしかに、書いてあル。第一の奇跡を起こしたのはカインではなく、アベルとフィリア。カインとフィリアは恋仲ダったが、フィリアはカインの弟アベルも愛してしまった……と」

聖フィリア教における始祖王カインは神の化身であり、圧政者ロドを打ち倒した最初の英雄、人類の救済者だ。

アベルはカインの弟でありながらロドに与した叛逆の大罪者。数多の民話や戯曲では、奸計《かんけい》に長けた小悪党として語られ、最終的にはロドにも見捨てられて戦場でカインに葬られる。

今度はなにを思い立ったか、アリスはグリフォンのレリーフ画へ歩みよった。

そして、右手に短剣を握りしめると、それでグリフォンの彫刻を削り落としていく。

ロウランは、本来ならばその行為をとめるべき立場だろう。

しかし、なんらかの確信に満ちている背中を前にして、なにもいわなかった。

《白》の魔術師は足元に木屑を積もらせながら、丁寧にレリーフ画の下に隠されていたものを暴いていく。

それは一枚の絵で、強烈な既視感があった。

既視感の正体は、確認するまでもない。たった今、ここに下りてくる前に大部屋で見た、グリフォンを踏みつけにしたペガサスの絵だ。

ペガサスは始祖王カインの象徴で、踏みつけられるグリフォンは裏切りの原罪アベルの象徴。

俺たちの前に姿を現した絵も、構図はその絵とほとんど一緒だ。

しかし、ペガサスとグリフォンは二人の男に変わっている。

ペガサスの位置に立つ男は、憤怒の形相で、豊かな黄金の髪を獅子のたてがみのごとく生やしている。幼い頃から宗教画で繰り返し見てきた若き頃の、英雄カイン。

画面全体で仰臥《ぎょうが》するグリフォンの男は、初めて見る。灰色の髪に中性的な顔だちで筋骨隆々なカインに対してなよっとした印象を受ける。その心臓は剣で貫かれており、土気色の顔は、まもなく死ぬことを暗示しているのだろう。

「これが、アベル？」

今まで物語の挿絵で見てきたアベルは、ずる賢そうなぎょろ目のネズミみたいな男だった。

「おそらく、そういうことでしょうね」

「ちょっとだけ、ご主人さまに似てます」

「そうか？」

瀕死の重傷を負ったアベルに泣きすがる女性がいた。金属の翼を右に一枚だけ生やした、蒼髪の女性。腕には赤子を一人抱え、さらにその足元で、二人の子どもが泣き叫んでいる。

それが、三人の子どもを産んだ聖妻フィリアであることは、間違いない。

「これは、フィリアと寝たアベルを、カインが激怒して殺した絵なのか」

「そういうことでしょうね……アベルはフィリアをカインから『寝取った』……」

アリスは俺のほうを、意味ありげに見た。やめろよ……。

「第一の奇跡の当事者が、始祖王カインではナく反逆者アベルであったとは……聖フィリア教が伝道すル歴史は、アベルを殺したカインによってつくりあげられた偽りのもの……」

ロウランはうなった。

「この大陸におけル聖フィリア教の支配を覆す発見ダ……きたルべき混沌にむけて結束しつつあル国家間の共和の新たナ火種となルぞ……アリスよ、それがおまえの狙いダったのか？」

白銀の竜人は握りしめた杖の先をアリスにむける。

神聖フィリア帝国を統治する皇族は、この時フィリアが産んだ三人の子どもの子孫であることを宣言し、それを権威の象徴としている。

こんな事実が白日の下にさらされれば、どんな混乱が起こるか想像もできない。

「公表するつもりはないわ。あたしの目的は、あたしの中にあるリリスの魂の由来を知り、ルシフェルが勝手に身体に刻みつけてくれた《誓約》を解除すること。その謎を解く手がかりがここにあるはずよ」

「どうして、そのようにいえル」

「《ダンテ》第四階層、第六八六番の棚にある『カイン秘録』を読んでないの？」

「ない」と即答するロウランに、アリスは肩をすくめた。

「カインは王の身でありながら、フィリア以外の妾を持たなかった誠実な男というのが一般的に語られている歴史だけど、七十八歳の時に、一人の少女を溺愛しているわ。くわえて、仲睦まじいとされていたカインとフィリアの夫婦らしいエピソードもほとんど残っていない。あたしはなんとなくだけど、前から二人の仲が冷め切っていたんじゃないかと考えていたのよ」

「この件が発端だとすれば、その説はしっくりきますねぇ」

エイラが相づちを打ち、金髪碧眼の少女はさらに続ける。

「自分を裏切ったアベルとフィリアの子どもを、カインは許せなかった……ゆえに第一の奇跡に端を発する子々孫々にリリスの魂となる呪いをかけ、長い時を経て、現皇帝の甥バティストの私生児であるあたしに受け継がれたのね」

「聖フィリア教を戴く帝室は、その神と崇める男に呪われてたってことか……」

「この絵のむこう側にまだ部屋がありそうだし、分娩台の中にも魔力の気配を感じる。とにかく隅から隅までここを調べれば、あたしの呪いを解く鍵は見つかるはず――」

「どんなことがあっても、ママはママよ？」

舌っ足らずな幼い少女の声が、背後から響いた。

震え上がるような寒気をおぼえて、ふり返る。

黄金の髪と真紅の瞳のあどけない少女がそこに立っていた。

「ルチル……どうしてここに！」

「ルチルはママのいるばしょ、わかるんだよ。だって、ママの子だもの」

魔法に関しては素人の俺でも、大気中のエーテルが、張り詰めていくのがわかる。

「ご主人さま！」

エイラがとっさに前に出て、床に手の平を当てた。

あらゆる金属を分解、再構成する能力を秘めた《鋼》のセラフィム。

ミスリルの床から巨大な壁をつくりだして、飛んできた無数の氷の刃を防いだ。

「おまえは誰ダ？」

魔法で身を守ったロウランは、突然攻撃をしてきた少女に問う。

「彼女がルシフェルの《導き手》よ。あたしをやつのもとへと連れていくつもりなの」

アリスの言葉を聞いて竜人は「そうか、とうとうこの時が……」と低くうなった。

「アリスは、連れていかせない」

彼女を守るのは、俺だ。

防壁の陰から飛び出して、シモンズから借りた魔法剣の柄をかまえる。

銘を呼び、柄を強く握ればいいって、いってたよな……。

「ギバウス！」

ミスリルの魔導具から、銀色に輝くエーテルの刃が現れた。

「じゃま」

ルチルが俺に対して手をかざすと、その周囲にこぶし大の氷の礫《つぶて》がいくつも現れ、こちらをめがけて飛んでくる。

「グレイ、恐れずに剣をふって！」

引きかけた腰を、アリスの鋭い声で戻した。

魔法剣を力強くふってみると、眼前で風が吹き荒れ、俺の頭を砕く軌道に乗っていた氷の礫が明後日の方向へと飛んでいく。

「風のエーテル……？」

シモンズは使い手の生体魔力を増幅するといっていた。

これが、俺の中に本来ある魔力だということなのか？

柄の部分以外はほとんど重さを感じない……俺でも十分に扱える武器だ。

「おもしろいオモチャ……けど、これはとめられるかしら――うるがーた」

ルチルが振りかざす手に、今度は巨大な炎の塊が現れた。

「あたしたちのとは、異なる体系の魔法ね……グレイは下がってて」

「でも、あいつの狙いはアリスなんだろ？」

「そのとおり……ここは、儂が前に出ルべきであろう」

巨大な杖を携えたロウランが、ルチルと対峙する。

「おっきなシロトカゲさんが、あそんでくれるの？」

「これでも、子どもには好かれるほうでナ……ドュナイ・デュナミス――雷よ、我が怒りに応えて、穿て！」

竜人は白銀の翼を広げ、そこに刻みこんだ魔術文字を輝かせた。

雷のエーテルが励起し、杖の先から雷閃が迸《ほとばし》る。

ルチルは生みだした火球をその雷撃にむけてぶつけ、二つの魔術が衝突する。

強烈な光が瞬き、俺の視界を白く塗りつぶした。

大気中のエーテルがビリビリと震えあがり、飛び散った火花がミスリルの床に黒い焦げ跡をつけていく。

双方の魔術の威力は拮抗しているように見えた。

ぶつかり合った炎と雷がルチルとロウランのあいだで今にも爆発せんとくすぶっている。

今ここで追撃をかえれば、彼女を倒せるのではないか？

しかし、それは甘い目算だった。

「このていどなの？　ルチルもシロトカゲさんとおなじこと、できるよ？」

首を傾げた幼い少女の背中に、コウモリやドラゴンと同じ皮の翼が生え広がり、翼膜に薄紫色の魔術文字が浮かび上がる。

その翼は、映像の中で見た古代神リリスの翼を思い出させた。

「くぅっ！」

ロウランの巨体が、見えない力に押されて後退する。

「おのれ、エルフめ……先の戦いの氷縛魔術が、完全に抜けきってはいなかったか……」

「ロウラン！」

均衡は破れ、魔力の塊が白銀の竜人に直撃する。

俺たちの背丈の倍はあろうかという巨体が吹き飛んで後方の壁に激突し、《分娩室》を鳴動させた。光を当てれば虹色に反射していた竜人の鱗が、真っ黒に焦げてしまっている。

「ママ……みて、このハネ。ママとのおそろいよ」

ルチルは背中に広げた大きな翼を指して、妖しく微笑む。

アリスは血の気の引いた顔で、それを見ていた。

「ルチル、ママにだっこしてほしいな……ママとパパ、ほかのみんなとも、いっしょにいたい」

「や、やめて……」

アリスは額に汗の粒をにじませていた。

手は臍の下あたりを押さえる。

ルシフェルの誓紋、エクス・リブリスが浮かび上がった場所だ。

「ママ……ルチルのこと、ほんとうにわすれちゃったの？」

無邪気でいて媚びるような少女の上目づかい。

身体に刻みこんだ《誓約》の力で、アリスを支配しようとしている。

《白》の魔術師の横顔はみるみるうちに追い詰められていって、その場にかがみこんでしまう。

その時、一条の閃光が俺の背後からルチルにむかってまっすぐに伸びた。

黒き翼を生やした少女は、それを手で受けとめる。

ルチルの手の中にあったのは、白い金属で鍛えあげられた投剣だ。

エイラが、スカートに風を孕《はら》ませながら俺の前に躍りでる。その手には身の丈もあるハルバードを握りしめ、矢のような速度で距離を詰めて、紅き月の《導き手》に斬りかかる。

ルチルは平手をかざし、呪文を唱えた。

「うるがーた・くぇろにむ・きぁはあさ」

大気が炎をまとって爆ぜた。

しかし、その爆発よりもわずかにエイラのほうが速い。

爆煙の尾を引きながら突進し、ハルバードの穂先の矛でルチルの右腕を切り飛ばす。

「ご主人さまに仇《あだ》をなすもの――」

反動を利用し、一回転をしながら今度はハルバードの石突きが相手の側頭部を殴打する。

「――この世から消えていただきますっ」

ルチルの首から上が半壊して宙を舞った。

情け容赦のない渾身の一撃。

改めて目の当たりにした俺のセラフィムの実力に、心が震えた。

「まだよ、ルチルは死んでないわ！」

《誓約》の支配に抗《あらが》いながら、アリスが叫んだ。

頭を失ったルチルの身体。その背の黒翼にはいまだ、薄紫色の魔術文字が輝いている。

「はやく、はなれたほうがいいよ」

潰れた肉塊が口をきいた。

左半分が潰れたルチルの頭が、白い床の上でけらけらと笑い声をあげる。

「そのからだ、ばくだんにかえちゃったから」

ルチルの肉体が爆発した。

その規模は先の爆炎魔術の比ではない。

逃れようとしたエイラは、しかし爆風にまかれて放物線を描き、床にたたきつけられた。

「エイラッ！」

俺は、銀髪のセラフィムに駆けよる。

右腕は肘より先がなくなっていて、握りしめていたハルバードもひしゃげてしまっていた。

傷口からは血とともに液体エーテルが流れだし、ミスリルの骨格が見える。

幼い頃からずっと一緒にいてくれたメイドの唇が、小さく動く。

「ごしゅじ……、すみ……せん」

「しゃべらなくていい」

傷ついたエイラの身体を、俺は抱きしめた。

「んふふ……ルチル、いっぱいまりょくをためてきたからね」

へこんでいたルチルの頭の左半分が、再生している。

さらに首の切り口からは泡だつ肉塊のようなものがあふれ出し、それは迅速に彼女の失われた身体を形づくっていく。

十数える暇もなかったろう。

再生したルチルは、黄金の髪をひと房切り取ると、呪文を唱え、それで先ほどまで着ていた服まで直してしまった。

「化け物かよ……」

勝ち目など、あるわけがない。なんとかして逃げなければ。

しかし、逃げ道などあるのか？　仮に逃げられたとしても、《導き手》であるルチルは、きっとどこまでもアリスを追いかけてくる。

「ママ……ルチル、ちゃんとなおったかな？　ねぇ、みて」

ルチルはかがみこんだまま動けぬアリスのもとへ歩みより、しゃがんで顔をのぞきこむ。

「やめ……うぅっ……あぁ！」

《白》の魔術師の瞳から光が消え、険しかった横顔からとろんと力が抜けていく。

似ている……俺の《寝取り王》の呪印を見た少女たちと、そっくりだ。

「アリス、やめろ！　ルチルの目を見るな！」

「うるさいの……ねぇ、ママ。まずはあいつをだまらせよ？　ルチルとパパからママをとろうとする、わるいやつよ」

　ルチルの要請に、アリスはうなずいた。

　ゆっくりと立ち上がると、俺のほうへ焦点の定まらぬ瞳をむける。

「アリス、そんなんに操られるな！　おまえには俺の呪いだって通じなかったろ！」

「くーらがん・むぇろやる・きぁかあは」

　ルチルの呪文と似た口唱《こうしょう》が、彼女の唇に乗る。

　人の言葉とは思えない、強いて似ているものをあげるとすれば、幼い頃に故郷の森で聞いた猛禽類の鳴き声のような響き。

　アリスがかざした手の平から、雷光が撃ちだされた。

「ご主人さまっ！」

　エイラが俺を庇って、前に出る。

　雷撃に全身を焼かれ、銀髪のセラフィムは膝を折った。

　しなだれかかってくる彼女を抱き止めると、服や肉の焦げるにおいが鼻をつく。

「エイラッ！」

「ご主人さま……そんな、悲しそうな顔をしないで下さい……エイラは、ご主人さまの……そのお顔を見るのが……一番、哀しゅう、ございます……」

セラフィムは途切れ途切れの言葉を紡いで、俺の頬を左手でなでた。

自分の半身にも等しい、とてつもなく大切なものを失おうとしている。

その恐怖に目眩をおぼえ、俺は歯を食いしばった。

なにか、ないのか？　俺とアリスと、エイラが生き延びる術は……！

「くーらがん・むぇろやる・きぁかあは」

我を失ったアリスが、二発目の雷撃を放つ。

避けることなど不可能だった。

とっさにエイラを突き飛ばす。雷光が俺の身体を焼いた。

「ぐあああああああっ！」

全身の内臓がゆさぶられているような衝撃。

皮膚の感覚が奪われ、手に握りしめていた魔法剣ギバウスが床に転がる。

俺はその場に四肢を投げだして倒れるしかなかった。

「あ、が……ああっ……」

のどが焼け付いて、まともに呼吸することも難しい。

「……へんね。ちゃんとママがママになってるなら、あいつら、ほねまでとけてきえちゃってるはずなのに。まだ、よけいなものがのこってるのかしら……」

ルチルがアリスを分娩台へと導く。

黄金の髪の少女は夢遊病者のごとき足取りで従い、無防備に分娩台に横になった。

黒翼を広げた幼き少女が、その上にまたがって、妖しげな笑みを浮かべる。

「ママ……ルチルね、ずっとこうしたかったんだよ」

幼き手はアリスが身にまとっていた制服の胸元を乱暴に破き脱がせた。

ルチルは露出した豊かな双丘をうっとりと眺める。

「きれい……これが、ママのおっぱいなんだ」

胸を愛撫し、指先で桜色の乳嘴をそっとこねて、その感触を楽しむ。

「とってもふかふかで、あったかい……ルチル、ママのおっぱいほしいな」

ルチルは胸に飛びこむように抱きついて、顔を埋める。

小さな唇が、刺激されてわずかに膨らんでしまった先端部に吸いついた。

「んぅ……ふぁ、あああっ……！」

《誓約》に操られ、まどろみの中にいるようなアリスが、高い声を響かせる。

ルチルは搾るように手を動かしながら、唇をすぼめた。

「やめろ……」

俺は痺れて動かない身体に無理矢理鞭を打って、上体を起こした。

渡したくない。彼女の運命を退けると、ここにくる前に誓ったばかりだ。

「アリスは、俺、が……！」

「こんなにすっても、やっぱりでないのね」

胸から唇を離して、ルチルが切なげにつぶやいた。

それは俺にむけたものではない。そもそも、こちらの声など、むこうに届いていない。

「ずっといい子にしてたんだから、ちょっとくらいあまえてもいいよね」

覆いかぶさる少女の手が、アリスのスカートの前を、臍のあたりまで縦に裂いた。

破けたスカートの裾は分娩台の脇に垂れ下がって、魔術師の下半身があらわとなる。

桃色のショーツの生地を透かして、薄紫色の誓紋が妖しげな光を放っていた。

その輝きの強さは、俺が彼女を押し倒した時よりも強い。

ルチルはショーツの中に手を入れ、誓紋に指を這わせながら再び胸の先端部を吸った。

「くぁ、や……」

アリスが背中を丸めて、ルチルをどけようともがいた。

彼女はまだ完全に自我を手放したわけではなく、抗っている。

俺は踏んばって立ち上がり、分娩台のほうへと駆けよった。

「アリスを、放せっ」

「うるさいの」

こちらを見もせずに、小さな手の平から衝撃波が飛んだ。

俺の身体はあっけなくはじき飛ばされて、再び床の上を転がる。

「やぁっ……ぐれい……！」

「あんなおとこ、わすれちゃお。ママはルチルのママなんだから」

抵抗するアリスの四肢から力が抜けていく。

ショーツの盛りあがり方から、ルチルの指は魔術師の秘部をなぞっているのがわかった。

「ママ……ここよ？　ここからルチルは、うまれるの」

「いや……やぁっ！」

これまでにないほど大きな拒絶の声が響く。

「入って、こないで……たすけ、たすけて……ぐれ、い」

碧い瞳から涙がこぼれ落ちた。

激情に駆られ、砕けんばかりに歯を食いしばる。

今この時に彼女を助けられないのであれば、俺には生きている価値がない。

けれど、ロウランやエイラすらもかなわなかった相手に、どうすれば……。

「ようやく、解析を、完了いたしました……」

切れ切れの声が、鼓膜を震わせた。

片腕を失い、俺以上に傷だらけのエイラが、ギバウスを手に寄り添ってくる。

「ご主人さま……エイラは、ご主人さまのセラフィムとして……この身、この命に代えて、あなたをお守りします」

彼女がなにをいっているのか、俺にはすぐには、理解できなかった。

ただ、傷を負ったその身は銀色の光を帯び、握りしめている魔法剣ギバウスの柄もまた、同様の輝きを放っている。

「本来エイラは、それほどちょろいセラフィムではないのですよ……けれど、愛するご主人さまのためなら、猿でも扱えるくらいに安い女に成り下がるのも悪くはないでしょう」

「おまえ、なにを……！」

「契約者の魔力と一体になることで、セラフィムは本来あるべき真の力を発揮します」

彼女の右腕の傷口から見えていたミスリルの骨格が、光の粒子へと変わっていく。

《鋼》のセラフィムの力は金属の分解と再構成。

俺はエイラがなにをやろうとしているのか気づき、戦慄した。

「エイラ、やめろ！　駄目だ！」

「この身体で、ご主人さまの子どもを産めないことが、一番の心残りですが……泣かないでください。エイラはいつでも側にいます。ご主人さまのことを、守り続けま――……」

銀髪のセラフィムの身体が蛍火のような光の粒子となって消滅した。

焼け焦げ、ところどころ破けたボロボロのメイド服だけが俺の手の中に残る。

今さっきまでエイラの姿をしていた光の粒子は空中に浮かぶギバウスに収束していく。

エルフにより託された刃を持たぬ魔法剣の柄は、光の繭にくるまれて形を変えていった。

「エイラ……エイラぁッ」

それは彼女の頭髪を思わせる、白銀の刀身を携えた大剣だった。

鍔元には赤い宝玉が光り、その周囲には神々しいエーテルの風をまとっている。

ずっと側にいてくれた、守り続けてくれていたエイラが、一本の剣となってしまった。

俺が、戦えるように。

アリスを救い、この窮地を脱するために。

「うおおおおおおっ！」

哀惜を叫び声に変えて吐きだして、俺はギバウスと一体になったエイラを両手にかまえた。

「応えてくれ、エイラ！　ギバウス！」

銘を呼び、柄を強く握りしめる。

鍔元の宝玉が強い輝きを放ち、剣に満ちる魔力が俺の身体の中に流れこんでくる。

ろくに動かすこともできなかったはずの身体に、活力が湧いた。

全身にみなぎる力、研ぎ澄まされる五感。魔術的に俺の身体が強化されているのだと直感的に理解する。

エイラが、俺に力を貸してくれているのだ！

「ちょっと、だまってて……！」

ルチルがこちらをむいて、再び平手をかざし炎の塊を放つ。

俺は身の丈もある魔法剣エイラ・ギバウスを縦にふった。

巨大な剣の周囲に巻き起こる風が、炎の塊を両断する。

「そこから、どけっ！」

二度目の斬撃は、水平に空間を薙いだ。

研ぎ澄まされた風の刃が生みだされ、ルチルの腹部を穿つ。

「うぎゃあっ！」

少女の幼い身体は、後方の壁まで吹き飛ばされていった。

俺は分娩台に駆けより、アリスを抱き起こす。

「あ、う……グレ、イ」

瞬きを繰り返し、碧色の瞳が焦点を結ぶ。

彼女はこちらの顔を認めると、ぎゅうっと抱きついてきた。

俺は彼女の背中に腕をまわし、頭をなでる。

「こわかった……自分の身体なのにいうことをきかないで、グレイやエイラを……」

「……ひとまず、ここを出よう」

エイラ・ギバウスの力を使えば、出られるはずだ。

アリスの手を取って分娩台から下ろしてやると、鋭い殺気に射竦められる。

「だめよ……ママは、どこにもつれていかせないっ」

壁の中から抜けだしてきたルチルが、憤怒の形相でこちらを睨《にら》んでいた。

「あれに背中をむけて逃げることはできないわ……ここでケリをつけるしかない」

「方法はあるのか？」

アリスは胸のリボンをほどいて、破かれた胸元の前を結んでとめると、部屋から持ち出してきた三冊の魔導書の、最後の一冊の封印を解いた。

表紙にはなにも書かれていない、黒い革で装丁された本。

「マタハリを捕らえていた魔導書と同じものを準備してあるわ。この中に、あの子を封印する。グレイには、時間稼ぎをお願いするわ」

「わかった」

俺は分娩台を飛び越え、エイラ・ギバウスを手にルチルと対峙した。

ここまでずっと頼りきりだったアリスを、今度は俺が守る。

自分の命と引き替えに戦う力を与えてくれたエイラのためにも、負けるわけにはいかない。

「アリスは……俺の女だ」

「かってなこと……ママはルチルのママよっ」

ルチルはかん高い声で叫ぶのと同時に炎の塊と氷の礫を、両手から放った。

俺は力をこめてエイラ・ギバウスの刃を床に突き立てる。

《分娩室》を構成するミスリルが、ぞわりと波打った。

《鋼》のセラフィムたるエイラの能力を行使して、床から障害物をつくりだす。

少女が撃ちだした魔力光の威力はどれもすさまじいが、それらが幾つ破壊されようとも、魔法剣はすぐさま同じものを再構築できる。

幽霊船がミスリルナイトを無尽蔵《むじんぞう》にくりだしてきたのと同じ戦法だ。

地の利はこちらにあり、魔術に疎い俺でも戦える。

鍔元の赤い宝玉が力強く輝く。

これは、俺をここまで導いてくれたエイラの意志の輝きだ。

「もぅ、なんでじゃまするの！」

行く手を阻み、壊しても壊しても生えでてくるミスリルの壁に、ルチルが激昂した。

その場で地団駄を踏み、黒き翼をはためかせて、高く飛び上がる。

「ママ！　ルチルのおねがいきいて！　そいつころして！」

黒い翼に魔術文字が浮かび、背後でアリスの苦しげな声が聞こえた。

ふり返ると、破けたスカートの隙間から、再びあの薄紫の誓紋が妖しい輝きを放っているのを確認する。

「そんなのありかよ！」

ルシフェルの《誓約》の強固さを、侮っていた。

アリスはその手に短剣を握りしめて、突進してくる。

慌てて背後に跳びすさると、そこにはルチルが待ちかまえていた。

「くそっ！」

ふり向きざまに握りしめた大剣を横薙ぎにふるう。

ルシフェルの《導き手》は、冷気を纏《まと》った手で刃を受けとめた。

動きのとまった俺の背中に、アリスの短剣が突き立てられる。

燃えるような痛みと衝撃。

後ろに腕をまわすとヌルリとした生温かい感触があり、手は真っ赤に染まっている。

膝が砕けて、俺は床に倒れた。

霞む視界をアリスのほうにやると、ルチルが満面の笑みで彼女に抱きつく。

「ママぁ……やっぱりママは、ルチルのママね。まもってくれるって、しんじてたわ」

アリスは幼い少女を受けとめ、金色の髪を愛おしげになでる。

ルチルは黒い羽をパタパタと上下させて無邪気に喜んだ。

視界が、暗闇に染まっていく。

結局、俺では駄目なのか？　エイラを犠牲にしてもアリスを運命から解放することは……。

『──いえ、ご主人さまは、死なせません』

その声は、手の中のエイラ・ギバウスから、身体の内側に響きわたった。

エイラ……！

幻聴ではないという確信。なぜならば、剣からはいまだに俺の身体に魔力が流れこんでいて、背中に刺さった短剣の刀身を分解し、逆に傷を塞ぐように再構成をしているからだ。

『エイラがお側にいる限り、いかなる金属も、ご主人さまを傷つけることはできません』

そう、なのか……これが、セラフィムとともに戦うということ。

『そうです。天翔騎士《セラフィータ》とセラフィムが魔力でつながり一体となったこの状態こそが、セラフィムの真の覚醒。エイラのすべての機能は解放され、相手がいかなる存在であろうと、ご主人さまを勝利に導いてご覧にいれましょう！』

励ます声に、再び力がみなぎってくる。

俺はまだ戦える。ルチルは俺がもう動けないと思ってアリスしか見ていない。

油断している今なら……勝機はある。

倒れた姿勢のまま、アリスを観察して気づいた。

彼女はまったく正気を手放しているわけではない。

その碧玉の瞳は、ギリギリのところで踏み止まっているのだ。

足元には、狙い澄ましたかのように広げられた黒い魔導書があった。

開かれたページの魔術文字は銀色の輝きを帯び、ルチルを封印する好機をうかがっている。

俺とアリスの視線が絡み合った。

彼女の瞳がゆれる。短剣ならば致命傷にはならないと判断し、一芝居を打ったのだ。

俺は出るべき時を計る。油断しているルチルを倒せる、最高の瞬間を——。

「ママ、まだなにか、わるいことかんがえてる」

黒翼の少女が床に広げられた黒い魔導書を踏み抜いた。

足に魔力をこめると魔導書は燃えあがり、一瞬にして灰になってしまう。

あまりにもあっけない計画の破綻。

俺もアリスもただ目を見開いて、声をあげる暇すらもなかった。

こうなれば一か八か、今仕掛けるべきではないか？

そんな風に考えるも、再びアリスと視線が重なり、その時ではないと諭《さと》される。

俺は息を殺して、趨勢を見守った。

「ママ、むだなことはやめて。ママのほんとのからだのあるところに、いきましょ」

「あいにくだけど、あたしはルシフェルの《誓約》のせいで、ロザディアを離れられない身体なのよ。《闇の大地》にいきたいなら、あなた一人でいきなさい」

しがみついてくるルチルを、アリスは余裕のない表情でふり払う。

「とぼけちゃって。ここにあるものをつかえばいいって、ママはちゃんとしってるでしょ？」

ルチルは、かたわらの分娩台に飛び乗り、手の平をかざして、呪文を唱える。

「あぐーるた・いらぁは・みゃおしゃ」

するとミスリルの分娩台は、白い表面に波紋を広げながら、少女の腕を受け入れた。

「やっぱり、そこだったのね」

アリスがうっすらと笑った。

「そうよ……ママはずっと、むいしきのうちに、これをほしがっていたはずよ。だって、ママがほんとにママになるために、たいせつなものだもの」

ルチルが分娩台の中から取り上げたのは、彼女の小さな手では抱えて持たなければならないほどの、大きな本だった。

紅い皮革と黄金の飾りで装丁され、背表紙に取りつけられた黄金の鎖が、まるで赤子と母体を繋ぐ臍の緒のように分娩台の内側へと伸びている。

『熾天原理』

シモンズが教えてくれた、この世界を生みだした『創星の書』にして、ロザディアが強力なエーテル脈である根拠。事実その魔導書は、異常な量のエーテルを放出して、周囲は陽炎のように空間が歪んで見える。

ロウランや評議会の上層部は、これがアリスの手に渡ることを恐れていたのだ。

ルチルは『熾天原理』を繋ぐ黄金の鎖を魔術で引き千切って、《白》の魔術師に差しだした。

「ようやく、あたしは自由になれるのね」

『熾天原理』の輝きを反射するアリスの笑顔を見て、俺は疑念を抱かざるを得なかった。

アリスの目的は、本当に『熾天原理』を手に入れることだったのではないか？

あんなにも強い影響力を発揮するリリスの魂が、どうして彼女の無意識に働きかけないという道理があろう？

――リリスにはなりたくないから、死のうと思った。

――けれど、死ぬのが馬鹿らしくなって、俺という一縷の望みに賭けた。

その心変わりは、決して不自然なものではないだろう。

あの魔導書の部屋で、アリスが嘘をついていたとは思わない。

だって、運命なんてくだらないものに流されて死ぬなんて、本当に馬鹿馬鹿しい。

しかし、そこにリリスの魂の介在がなかったというのも、都合がよすぎる解釈だ。

アリスは《星の剣《アスロン》》を近くで見たがっていた。自由を欲していた。

悪魔なら、そこにつけいる。

――神と悪魔は常に同じ櫂《オール》を握っている。

時に協力し、時にせめぎ合う。

禁書庫の存在に気づいたのは、聖地を探していたからだと語った。

聖地にアリスの縛めを解く鍵があるかもしれないから。

聖地に『熾天原理』があるから。

彼女の天秤がそのどちらに傾いているのか、判断はつかない。

しかし、直感する――今のアリスに、『熾天原理』を渡してはいけない。

跳ね起きた俺に、ルチルはすばやく平手をかざした。

「おきてること、きづいていないとおもったの？」

「そうか、気づかれておったか」

手の平から放出されんとした氷の礫を、横から飛来する雷撃が撃ち落とした。

黒焦げになった白銀の竜人が起き上がり、杖をかざしている姿に、ルチルは瞠目《どうもく》する。

「グレイ＝フレイル、いまダ！」

いわれるまでもなく、俺はエイラ・ギバウスをふるった。

圧縮された風の刃がルチルの小さな身体を吹き飛ばし、『熾天原理』はアリスの足元に落ちた。

魔導書に魅入られし少女が手を伸ばすよりも早く、俺は彼女に駆けよってその胸ぐらをつかみ、キスをした。

これで正気に戻るかどうかはもちろん賭けだけれど、俺は彼女を自分の女にすると誓ったのだ。これ以外の方法で正気に戻すなんて選択肢は、逃げでしかない。

「ちょ、なにしてるのよっ！」

頬を赤らめたアリスに突き飛ばされて、俺は手応えを感じた。

「ちょっとは状況を考えて……って、あれ？　あたしは……」

駄目押しで破けたスカートをめくって、下腹部を確認する。

薄紫色の誓紋はない。今のアリスは、間違いなくアリスだ。

「ってぇ、どさくさに紛れてなにを見てるのよ！」

俺の脳天に彼女の鉄拳がふり下ろされた。カラテを嗜《たしな》むアリスの拳骨はとても痛い。

「そんなに突き飛ばしたり殴ったりしなくてもいいだろ！　おまえが正気かどうかわからないし、他にどう調べりゃいいんだよ！」

言い返すと、彼女は赤面したまま口ごもった。

足下に落ちた『織天原理』と吹き飛ばされたルチルを順番に確認し、嘆息する。

「なんとなく、状況はわかったわ。ごめんなさい……極まった状況になると、あたしとあたしの中のリリスの考えていることの境がなくなってくるのね」

「大丈夫なんだな？」

「……今は、たぶん」

そう告げると、アリスは俺の手をつかんできた。

「埋め合わせは、あとでちゃんとするわ。背中を刺しちゃったことも含めて」

「いったな？」

「なによその反応……なにかスケベなことを考えてるんじゃないでしょうね」

もちろん、考えていた。

「埋め合わせといえば、幻獣騎乗術の授業でハルカとの勝負に勝ったらご褒美くれるってあれ、まだなにももらってなくないか？」

「あれはチャラでしょう！　途中で宙船が現れてちゃんと決着ついてないんだから」

「いやけど十中八九、俺が勝ってたろ！」

「うるさい！」

俺とアリスのやり取りをかき消すように、幼い少女の声が轟いた。

「おまえ、ゆるさない……ルチルから、ママをとるやつ……ママ、そいつからはなれて！　かけらものこさず、けしとばしてやる！」

黒翼に魔術文字をきらめかせて、ルチルは両手を頭上にかざす。

「くぁばるーが・りゃんが・うるぅるんぐ」

まばゆいほどの光を放つ、巨大な炎の塊が現れる。

「さすが、ルシフェルの《導き手》だけあって規格外の魔力ね……あんなのを撃たれたら、《ダンテ》どころか魔法学院が吹き飛ぶわよ」

「冷静に分析してる場合じゃないだろ、どうすんだよ」

「あれを相殺できるだけの魔術は、あたしやロウランでも即興では不可能よ。この地のエーテル脈そのものをぶつけるぐらいしかないわ」

足元の『熾天原理』を拾い、正面から見つめてくる。

「あたしのこと、まだ信じられる？」

「惚れた弱みだな……アリスを俺の女にするってことは、俺はおまえの男になるって意味だ」

アリスはうなずき、右手で『熾天原理』を開き、左手で俺の背中に触れた。ちょうど、彼女に短剣を突き立てられ、その刃を再構成して傷口を塞いだ場所だ。

「『熾天原理』の無限の魔力を、君を通してその魔法剣に集中するわ。それが、今のあたしたちにできる最大火力よ」

大役だな……けど、弱音を吐いてもいられない。

「リリスママ……ルチルよりも、そのおとこをえらぶの？」

この地一帯を灰燼《かいじん》に帰すほどの魔力を抱えたルチルは、泣きそうな顔で尋ねてくる。

「あたしはアリスよ。リリスなんてものには、ならないわ」

アリスは冷たく突き放すようにいった。それは、彼女の優しさだろう。

「わかった……なら、ママをふきとばして、その魂だけをつれてくね！」

覚悟を決めたルチルは、巨大な火炎球をこちらにむかって放った。

迫りくる光と熱。

俺は足を肩幅に開いて、頭上にエイラ・ギバウスをかざす。

アリスは背伸びをして魔法剣の刃に左の手首を滑らせると、広げた『熾天原理』のページに血の雫をたらした。

『創星の魔導書』からアリスを経由して膨大な魔力が俺の身体に流れこんでくる。

桶いっぱいの水をティーカップに注いでいるような絵面が脳裏に浮かぶ。

桶いっぱいの水ですんでいるのは、きっと、あいだにアリスがいてくれるからだろう。

それでも、鼻血が出た。

血が逆流して、頭の血管が何本か切れてしまうのではないかという魔力のうねり。

負けるか。俺はアリスとともに生きると決めたんだ。

「ドュナイ――」

「デュナミス」

「書よ、我が血に応えて、流れよ」

「剣よ、我が想いに応えて、断て！」

俺の身体をとおして、魔法剣エイラ・ギバウスの刃に魔力が行きわたる。

両刃の刀身は白銀に瞬き、鍔元の宝玉は俺の意志に呼応して輝きを強めた。

渾身の力で以て、剣をふり下ろす。

俺らを呑みこまんとした炎は、逆に魔法剣の刀身から放たれる光に浸食されていく。

「うおおおおおおおおおおおおっ！」

一刀はルチルの特大魔法をかき消して、剣圧が一陣の風となって吹き抜けていった。

張り詰めて今にも連鎖反応を起こして爆発しかねないでいた《分娩室》のエーテルが静まり、部屋の中は水を打ったような沈黙に支配される。

聖フィリア教の聖地の床には一閃の深い傷が残り、その先で黒翼を広げた少女の影が、ゆっくりとくずおれた。

「やった、か……」

全身の血液が沸騰し、毛穴という毛穴から生きるのに必要な力が体外に放出されてしまったような虚脱感をおぼえ、その場にへたりこむ。

「やったか、はよくないわ。物語だと、そういった場合はたいていやれてないんだから」

『熾天原理』を閉じたアリスが頭上で告げる。

「余裕だな……」

「余裕ではないわよ。許されるなら、今ここで手足を投げ出して君の隣に倒れこみたいところだけど……あれを放ってはおけないからね」

アリスはおぼつかない足取りで、気を失ったルチルのもとへ歩みよった。

俺も、エイラ・ギバウスを杖にして立ち上がり、彼女を追う。

「どうする？　殺すのか？」

「首をはねても再生したからね……隔離できる場所に封印するのが一番だと思うわ」

《白》の魔術師はマントの内側から、黒い魔導書を出して広げた。

「え？　なにそれ？　さっき、灰になってなかった？」

「あれは偽物よ。禁書庫に下りる途中で拝借してきた、そこそこレアな魔導書。ルチルの目を君から遠ざけるための囮……結局気づかれちゃってたけど」

「あの状況で、そういう仕込みを入れられるぐらいには、意識は残ってたんだな」

「さっきもいったとおりよ……あたしはずっとあたしのつもりで、いつのまにか『熾天原理』に魅了されていた。それが復活を目論むリリスの魂によるものなのかどうかもわからないけど」

心細そうに呟きながら、彼女は黒い魔導書の中に、意識を失ったルチルを封印した。

少女の肉体は光の粒子となって本に吸いこまれ、白紙のページに魔術式の形で刻まれる。

「……ロウラン、あとのことは、頼むわね……はぁ、お腹空いたわ」

そう告げると、アリスはぱったりと、倒れてしまった。俺は慌てて彼女を抱き起こそうとするも、屈んだ瞬間に目眩をおぼえて、そのまま意識は闇に落ちていった。

「やれやれ……儂とて、それほど余裕のあル容態ではないのダがナ……」

頭を抱える竜人の声が、遠くで聞こえたような気がする。

エピローグ

聖地《分娩室》《デリヴァー》の一件から、三日が経過していた。

雷撃を浴びたり短剣で背中を刺されたりした俺だが、アリスの治癒魔法で傷を治してもらったおかげで、問題なく日常生活を送れている……。

いや、そういうと語弊があるな。

幼い頃から一緒にいたメイド、エイラの喪失は計り知れないものがあった。

彼女がひと振りの剣に姿を変えてしまった生活に、俺はまだ慣れていない。

すぐに追い出されるだろうと思っていたマーリス魔法学院には、結果として共犯関係と呼んで差し支えない間柄になってしまったロウランのおかげで、まだ在籍している。

とはいえ、授業はおろか、教室にだって顔を出せてないのが現状だ。

「しょうがねぇだろ……顔をあわせたら、ハルカは二言目になにがあったんだって、訊いてくるんだからよ」

敬虔《けいけん》な聖フィリア教徒である彼女に、《分娩室》で見たことを打ち明けるわけにはいかない。

聖妻フィリアと子を為したのが始祖王カインではなく、反逆者アベルだったなんて、今の大陸の情勢をおびやかす大事件だ。歴史の闇に葬られたこの事実を知っているものが教会に何人いるのか、ロウランですら、見当もつかないという。

「だからって、どうしてここにいるのよ」

部屋の中央に立って、アリスは顔をしかめた。

ここは、魔導書の中につくられた彼女の《幻想領域》の部屋だ。

足の踏み場もないほど本や食べかけのジャムの瓶が放置してあって、俺はちょっと悪いと思いつつも、他に選択肢もないのでベッドに腰を下ろしていた。

「ここならハルカにも見つかる心配はないからな」

「まったく……人の部屋に勝手に入るなんて、すっかり恋人気取りね」

「そんなにいやか？」

「……いやだったら、ここに入るための合い言葉を変えてるわよ」

視線をそらしながら、頬を赤らめて小声で告げる。

「アリス……」

「浮かれてる場合じゃないわよ。これ」

彼女はそういうと、ベッドの上に座る俺に、その手に持っていた剣を差しだす。

鍔元に赤い宝玉の輝く、鋭利なる両刃の大剣。

エイラが魔法剣ギバウスをとりこんでその形を変えた俺のセラフィムだ。

なんとかしてエイラをもとに戻すことはできないかと、アリスに預けていたのだった。

「やっぱり、あたしの手にも負えないわ」

俺の手に収まったエイラ・ギバウスは鍔元の赤い宝玉を点滅させる。

剣となったエイラの意志が、俺に触れられて喜んでいるのだ。

「ありがとう……」

すでに、ミスリルに詳しいシモンズに見せて、お手上げ状態だと宣告されていた。

――《鋼》の力で改造してもかまわんとはいったが……まさかここまでやるとはな。魔法剣ギバウスは、もうしばらく貸しておいてやる。しょぼくれた貴様に優しくしてやったほうが、ハルカの受けもいいだろうからな。

ロウランと一戦を交えた魔法材料学の教導魔術師だったが、彼もまたマーリス魔法学院に在籍したまま、何事もなかったように授業をして女子生徒の黄色い声を集めているようだ。

「玩具修理者」

剣を抱えて短いため息をこぼした俺に、アリスが耳慣れぬ言葉を告げた。

「セラフィムの修復や治療……蘇生までも行うとされる伝説の職能集団よ。彼らならエイラを救えるかもしれないわ」

「伝説の職能集団って……そんな連中、どこにいるんだ？」

「帝国の北東部、ガルアで彼らを見たという情報を得ているわ」

俺は、上げかけた腰を下ろした。

「帝国の北東部って……俺もアリスも聖フィリア教会に監視されてロザディアを出られないだろ」

「監視なんて、まけばいいでしょ」

「まけばいいって……そもそもアリスは体質的にもロザディアを離れられない——」

言葉は途中で途切れた。アリスがマントの内側から取りだした一冊の薄い本。

白い絹布で装丁されて、厚さは百ページもない。これまでの魔導書を思えば、極端に薄い。

にもかかわらず、この神々しさはなんだ？

その本の周りだけ空気のよどみが目視できるほど、異常な量のエーテルを放出している。

同じものを、《分娩室》でも俺は見た。

「も、もしかしてそれは『熾天原理《してんげんり》』——」

「——の、部分写本よ」

ちろりと舌を出してみせるアリス。

「斜め読みで記憶しただけだから再現するには至らなかったけど、これを持っていれば十日間ぐらいはロザディアの外でも活動できるわ」

俺は、声にならない悲鳴をあげた。

あの土壇場で『熾天原理』の内容を読んで、記憶していたと？　どれだけ規格外なのだ！

いや、そんなことよりも——。

「だ、大丈夫なのか!?」

アリスの中にある古代神リリスの魂……それはロザディアに閉じこめられて自由を求める彼女の心に呼応し、『熾天原理』を欲していた。

アリスが自由を得れば《闇の大地》に眠る古代神リリスが復活する——その懸念は、ロウランや聖フィリア教会上層部のいきすぎた妄想ではないと、今の俺は認識している。

「今回はしっかりと理性を保っている自信があるわ。ロウランに《闇の大地》に侵入すれば、この部分写本の効力を失うように細工もさせたし」

「ロウランの許可を取ったのか！」

「ロウランの立場は、今のあたしたちとそんなに違いはないわよ。これからは協力してことにあたるべきだわ」

「それは理解してたけど……こんな簡単に話が進むなんて、思わなかった」

「寝取られ男のカインが帝室や大陸にかけた呪いが、あたしだけとは思えないのよね。始祖王の足跡を追うのは急務だとロウランも判断したわ。これからは本当に、世界を敵にまわすことになるわよ」

「なんで世界を敵にまわすってのに、嬉しそうなんだよ……」

「それはきっと、グレイが困った顔をしているからね。あたし、その顔好きよ」

「どんな顔してるのかわからねぇよ」

「鏡見る？　たしかこっちに――きゃっ」

整理整頓のされていない部屋で棚の上の鏡に手を伸ばそうとしたアリスは、床にあった撞球《ビルヤウ》の球を踏んづけて俺のほうに倒れこんできた。

突然のことに俺も彼女を抱きとめることができず、一緒に物が散乱するベッドに沈む。

「てて……大丈夫か？」

「ええ――」

倒れた拍子にベッドの上に置かれていた本で頭を打った俺は、しかしその痛みも一瞬で忘れた。

ちょっと顔の角度を変えれば唇が触れ合ってしまう距離に、アリスの顔がある。

碧い宝石のような瞳に俺の顔が映りこんでいて、胸が高鳴った。

「グレイ、左手……」

「しょ、しょうがないだろ……こんな近くに、アリスの顔があったら……」

言葉は途中で不要なものとなり、どちらからともなく鼻の頭をくっつけて、唇を重ねる。

三日ぶりのキスだった。唇が触れた途端、俺はどれだけ彼女に飢えていたのかを思い知らされた。指先は自然と、アリスの豊かな胸に伸びる。

「ちょ、ちょっと……」

「この前の埋め合わせと、幽霊船の勝負の時のご褒美、もらってなかったからな。それに、寝取るっていった責任を取らないと」

「い、今でなくても――」

「アリスって、いざこういう雰囲気になると、弱いよな」

「き、君こそヘタレで童貞のくせしてこういう時だけ……《寝取り王》の素質あるわよね」

「なんとでもいえ」と、俺はついばむようにキスをしながら、ブレザーのボタンを外し、服の中に手を潜りこませた。張りのある柔らかな感触を楽しみつつ、頬を赤らめたアリスをうかがい、いやがっていないことを確認する。

眉尻を下げて困惑と照れがない交ぜになった表情は愛らしく、胸を揉まれるのが心地いいのか碧い瞳はみるみるうちにとろけていった。

「グレイ……」

アリスのほうから求めてくるキスに応える。彼女は俺の唇を丁寧に吸いながら、舌先を口の中へと送りこんできた。急に積極的になったのに驚きつつも、それを迎え入れる。

舌と舌を先端からそっと絡めて、愛する相手とのキスの甘さに酔う。

全身を満たす幸福感に俺は陶然としていると、さらなる快感に襲われた。

「ここ、硬くなってる……」

アリスは熱く滾《たぎ》る俺の下腹部を、ズボンの上からなぞっている。

「あたし……グレイの赤ちゃん、欲しい」

潤んだ碧い瞳と、紅潮してゆるみきった頬……普段のアリスならば決して見せてくれない表情に、俺はようやく、なにかがおかしいことに気づいた。

「アリス……？」

彼女は額に汗をにじませて、俺の胸に飛びこむように抱きついてくる。

「まずった……」

胸に顔を押しつけているためくぐもってはいるが、さっきよりも理性を感じさせる声。

「ど、どうしたんだ？」

「グレイの呪いが、あたしに、効いてる……」

「は？　なんで？　だってアリスは、精神に作用する魔術は効きにくい体質って……」

「前にここで説明したでしょ……君の呪いが効かないのは、あたしを自分のものにしようとしている《紅月《あかつき》》がほどこした、エクス・リブリスのおかげだったって……」

アリスは自らスカートをたくし上げて、ショーツの下で薄紫色に光る誓紋を見せた。

「これはあたしの身体を循環する生体魔力の流れを一時的に停止させることで、精神に作用する魔術を、届かないようにしているの」

切れ切れの声で説明をするが、まだまだ魔術に疎い俺には理解できない。

「池の中に毒をまいても、池の水を抜いたら、毒は広がってはいかないでしょ？」

「なるほど……毒は俺の呪いで、池の水はアリスの生体魔力か……でも、どうして」

《白》の魔術師の指先は、ベッドの端に落ちていた『熾天原理　部分写本』を示した。

「エーテル脈でしか生きられないあたしの魔力不足を補うために、ほぼ無尽蔵《むじんぞう》のエーテルを放出するこれが、水を抜いたそばから池を満たして――くぅっ！」

ひときわ高い声を発して、アリスは上目づかいにこちらを見た。

上気した頬と、苦しげに熱い吐息をこぼす唇。

「グレイはいつも、女の子に、こんなことしてたのね……」

「わ、悪いっ！　す、すぐに出てくから――」

身体を起こそうとした俺をアリスが肩を押さえつけてとどめた。

「なに寝ぼけたこといってるの……あたしのこと、あなたの女にするんでしょ？」

アリスは俺の上で服を脱ぎ捨て、一糸まとわぬ姿となった。

染みひとつない雪白の肌はほんのりと桃色に色づいて、その上を汗の雫が伝う。

「運命を受け入れるって、ロウランに啖呵《たんか》を切ったのは、嘘だったの？」

魔導書に閉じこめられていた伝説のサキュバスなど足元にも及ばない、妖艶な笑み。

俺は意識の手綱をしっかりと握りしめて、彼女の腕を押し返し、上体を起こした。

「嘘なもんか。ただ……その、こんな流されるみたいな形で……んぐっ」

アリスが俺の唇を奪う。

舌と舌を絡めあう長いキスの後、彼女はそっと顔を離し、呪印の浮かぶ俺の左手を握った。

「こんなのがなくたって、あたしはグレイのことが好きよ……君が今すべき事は、呪いから逃げるんじゃなくて、立ちむかって勝つこと……《寝取り王》の呪いにも不可能なくらい、あたしのこと、君の魅力で狂わせなさい……」

ここまでいわれて、うなずかないわけにはいかなかった。

アリスは、この世界で一番の女だと確信する。

とびきりの美貌と容姿、黄金を梳いたかのような髪と碧玉の瞳。とにかく強くて頭もよくて、意地悪で計算高いけどそれに負けないだけ優しい。人一倍努力家で、孤独で、苦しみ悩んで、けれどそれらに屈しない気丈さを持っている。人付き合いが苦手で、不器用で、いつもお腹を空かせているし、部屋の片付けだって苦手だけど——そんなところも、とても愛おしい。

俺はアリスをかき抱き、顔中にキスの雨を降らせた。

背中やおしり、太ももをなでると、どこも絹のようななめらかさで指先に吸いついてくる。

言葉を口にする余裕はなかった。

ベッドの上に無造作に転がっていたジャムの瓶が視界をかすめると、それを開けて、彼女の胸の上に垂らす。瓶からどろりと出てきた琥珀色の物体が豊満な胸の谷間をよごすと、その冷たさにピクッと身体を震わせる。

なんのジャムかは知らないが、なめとると甘くアリスの胸の舌触りを引き立てた。

「あ、やっ、そんなの……っ」

逃れようとするアリスの腕をつかみ、ジャムが絡んだ乳嘴に吸いつく。

「ひゃぅっ！　あっ、ふゃあっ……」

やはり先端は敏感らしく、甘噛みしたり舌先で弾いたりすると、とろけた声が漏れてしまう。

「今度はこっちのジャムでやってみるか？」

ベッドの枕元に並べてあった青色のジャムをつまみ上げると、《白》の魔術師は首を横にふる。

「だ、駄目……っ！　それ、ハーブを配合してて、スースーしゅるか——ふにゃあっ！」

普段の姿からは考えられないような呂律のまわらなさに、嗜虐心《しぎゃくしん》がくすぐられる。

青いジャムをお腹に垂らされたアリスは、涙目になりながら、早くそれを取ってくれるよう懇願する。

俺は臍から下腹部のあたりにまで舌を這わせながら、彼女の最も大切な場所にキスをした。

「〜〜っうぅ⁉」

アリスは白い喉を見せて、短くあえぐ。

ジャムの甘さの残る舌を突きこみ、中からにじみ出てくるものを吸いだす。

「にゃ、にゃあ……そこ……きたないから、あ、りゃめぇ……」

羞恥《しゅうち》で顔を真っ赤にしながら閉じようとする足を、俺は太ももをつかんで阻止した。

「あっ、あーぁっ……、あ、ぃい……いりぐちのとこぉ、すきぃ……」

全身をガクガクと震わせながら、アリスは腰を浮かせかける。

彼女が果てる寸前で、俺は顔を離した。

「はぁっ、あぅ、うー……な、なんで……？」

生殺しにされた《白》の魔術師は、もどかしそうに腰をふってしまう。

「《寝取り王》の呪いよりも、狂わせないとだからな」

俺はすでに身体に力が入らなくなりつつある少女を起こし、膝の上に載せて、背後から抱きすくめた。

肩越しに唇を重ね、後ろからまわした手で、硬くなった蕾を優しくこねる。

「は、んぅっ、あーぁ……あ、やだぁ……もっと……つよく、ぅ……」

アリスは全身をひくつかせながら、先ほどおあずけをくらった秘所に、自ら手を伸ばしていた。腰は淫らにゆれて、柔らかなおしりを硬く張り詰めた俺の分身に擦りつける。

快感に思わずこちらの腰が引けると、彼女は逃すまいと身体を密着させた。

自らを慰めていたと思った手は、足の間から俺の股間に伸びて窮屈にしていた滾りを解放する。

そそり立ったものをおしりのあいだにはさまれると、衝撃が全身を駆け巡った。

「ふふぅ……きもちよさそう……グレイの顔、だらしくなくなってる」

「ひ、人のこと、言えないだろ……っ！」

桃色に染まった頬と、切なげに濡れた瞳。口の端からは、涎《よだれ》がこぼれてしまっている。

「んぅ……だって、ここ、すごく熱くなって硬くなってるの……ん、あむ、ぅん――」

唇のあいだに指を入れて、アリスの口の中を愛撫すると、彼女は嬉しそうに指にしゃぶりつきながら、火照る身体を俺に預ける。

このまま溶けあってひとつになってしまえたら、どれほど幸せだろうか。

アリスを求める動きは自然と激しくなっていき、彼女もそれに全身で応えてくれる。

「あ、やぁーあ、あーぁ……こんなの、はじめてぇ……グレイ、すきっ……だいしゅきっ」

「俺も、好きだ……アリスのこと！」

「――っぅ、～～～～っ！」

きつく抱きしめた俺の腕の中で、アリスは跳ねるように痙攣しながら、意識を失った。


「……あ、起きた？」

気がつけば俺は、眠っていたらしい。

魔導書の中に隠された部屋のベッドの上。かたわらには一糸まとわぬ姿で、いつも二つに結わえている金髪も解けてしまったアリスが、俺の顔を愛おしげにのぞきこんでいる。

「……だいしゅき」

「やかましい」

からかうと、手刀が額にふり下ろされた。

どうやら、もう《寝取り王》の呪印の効果は消えたらしい。

「結局、最後まではできなかったわね……」

「アリスが意識を失っちまったからな」

俺のものにするとはいったが、意識のない状態で処女を奪うような真似《まね》はできない。

「……たしかに『狂わせて』といったのはあたしだけど、ちょっとやりすぎよ」

半眼で俺を睨《にら》みながら、ほっぺたを引っぱってくる。

「すみません……反省してます」

「今から、する？　続き」

それは魅力的な提案に思えたが、しばし考えて、首を左右にふった。

「なんか、急いでやるのも違う気がする……最後までやるかどうかだけが、アリスを俺のものにするってことじゃないしな……」

アリスを俺の女にするというのならば、こうやって添い寝する時間を共有することも同じくらい大事だと思う。

「賛成よ。あたしばっかりが乱れたところを見られたんじゃ、釣り合いがとれないもの」

あ、なんか悪巧みしてる顔。

「さっきのあたしと同じぐらい、グレイも狂わせなきゃ」

「もう充分、狂ってると思うけどな……」

俺はアリスを抱きよせて、また鼻の頭をくっつけながらキスをした。

「最初、呪いを解くために《ダンテ》に入ったのに、呪いが増えちまった気がする」

「それは呪いじゃなくて、のろけね……ん、そういえばお腹が空いたわ」

くぅう、と鳴るお腹。

「……あいかわらず節操ないな」

「外に食べにいきましょ」

俺たちは濡れた布で互いの身体を拭くと、服を着直し、魔導書の部屋を出た。

本を閉じて棚にしまい、図書館塔の外へと歩きだす。

胸の内には、新たなる旅のはじまりを予感していた。

了

あとがき

はじめまして、あるいはご無沙汰《ぶさた》しております、早矢塚《はやづか》かつやです。

「シネマティック・ユニバース的なことをやってみようぜ！」みたいなやり取りをはじめたのが何年前だったか……。

あとがきを書くのがここまで感無量な作品もひさしぶりです。

本作は『精霊使いの剣舞《ブレイドダンス》』『聖剣学院の魔剣使い』などで知られる志瑞祐《しみずゆう》先生を世界観設定にお呼びしております。

志瑞先生は法政大学金原ゼミの先輩にあたり、デビューのとき「一緒に○Fの古橋秋山《ふるはしあきやま》になろうね！（※くわしく知りたい人は『古橋秀之　秋山瑞人　金原ゼミ』でググってくれ）」みたいなメールを若気《わかげ》の至《いた》りで送ってしまった相手です。思いだしただけでも顔面真っ赤ですが、「一緒に仕事したいなー」という夢が叶ったことを大変喜ばしく思ってます。

天空より墜つる古代の超兵器セラフィム。《導き手》によりそれらと運命的な邂逅を遂げる天翔騎士たち。予言者マーリス＝セルバリスによる三つの奇跡の謎と、人類に迫る数多の脅威。この魅力的な世界観を、拙著をとおして楽しんでいただけたら幸いです。

本作と同一の世界観の『帝剣のパラベラム』も同時発売ですので、ぜひチェックを！「魔弾の王」シリーズでおなじみの川口士先生による作品で、本作の数ヶ月前の話にあたりクロスオーバーしているところもあります。併せて読んでも楽しんでいただけると思います。こちらは妾腹の第三皇子アルヴェールとヤンデレ神官のシルファを主役に据えた国境をまたぐ冒険活劇！　kakaoさんの挿絵が大変エッチです。

本来このシリーズは他社さんで出す予定のところを諸事情あって途中でお蔵入りしたもので、ご縁があってダッシュエックス文庫さんから出させていただくことになったものです。そのためこの先どうなるのかはほぼ未定となっており、アリスとグレイの仲はどう進展するのか⁉　王の呪いはどうなんだよ⁉　的なモヤモヤはこれを書いている私自身の中にもあり、なにかしらの形で復活できないかなと目論んでいるところでありまして、こちらのキャラを内包した別企画も進んでいるとかいないとか。

謝辞《しゃじ》を。エロカッコいいイラストを描いてくださった白谷《しらたに》こなか先生、ありがとうございました！　挫《くじ》けそうになったときはプリントアウトした表紙を見て乗り切ってたのはマジです（決してアリスのパンツばかりを見てたわけではナイデスヨ……）。泣きぼくろとドヤ顔がかわいいハルカも大変気に入りまして、シモンズを主人公にした外伝とかもやってみたいなぁ、などとぼんやり考えています。

加えて、スペシャルサンクスでnio先生の名前にもここで触れさせてください。最初、本作の挿絵は『千年戦争アイギス』のシビラで知られるnio先生に担当していただく予定でしたが、本業のお仕事中に折り悪くケガをされてしまい、急遽、白谷先生に無理をいってお願いする形になりました。nio先生のキャラクターデザインをベースに白谷さんにアレンジしていただいたのが本作のキャラクターたちです。nio先生と白谷先生、ありがとうございます。

世界観設定の志瑞祐先生。壮大な世界設定の構築、ありがとうございました。三つの奇跡などのアイディアは想像力を刺激するものであり、そのうえで好き勝手に書かせていただいて、プロット作りから執筆に至るまで、ずっと楽しんでいた記憶しかありません。

DTP作業などいろいろやってくれたT澤様……また今回も迷惑をかけまくりでした。土壇場での百五十ちかくの修正、大変申し訳ありませんでした。

以前に他社さんで担当編集だったH様！　まさかダッシュエックス文庫で一緒に仕事できるとは思ってませんでした。そして原稿遅れてすみませんでした！

この本が書店にならぶまでにかかわってくれたすべての方と、手に取ってくださった読者の皆さまにも尽きぬ感謝を。またどこかで会えるよう、精進して参ります。

情報などTwitter（@yazuka_ha）で発信していますので、フォローしていただければ。

二〇一九年　十一月　早矢塚かつや

双月のエクス・リブリスと共通の世界を舞台とした姉妹作
皇子アルヴェールは難ありの聖女シルファ、列伝大好きセラフィムの
セイランともに、帝国を揺るがす陰謀に挑む——
帝剣のパラベラム
著　川口士／挿画　kakao

ダッシュエックス文庫

双月のエクス・リブリス

早矢塚かつや

2019年12月25日　第1刷発行

★定価はカバーに表示してあります

発行者　北畠輝幸
発行所　株式会社　集英社
〒101-8050　東京都千代田区一ツ橋2-5-10
03(3230)6229(編集)
03(3230)6393(販売/書店専用) 03(3230)6080(読者係)
印刷所　図書印刷株式会社

本書の一部あるいは全部を無断で複写複製することは、
法律で認められた場合を除き、著作権の侵害となります。
また、業者など、読者本人以外による本書のデジタル化は、
いかなる場合でも一切認められませんのでご注意ください。
造本には十分注意しておりますが、乱丁・落丁(本のページ順序の
間違いや抜け落ち)の場合はお取り替え致します。
購入された書店名を明記して小社読者係宛にお送りください。
送料は小社負担でお取り替え致します。
但し、古書店で購入したものについてはお取り替え出来ません。

ISBN978-4-08-631348-3 C0193
©KATSUYA HAYAZUKA　Printed in Japan